www.mayabook.co.kr

www.mayabook.co.kr

www.mayabook.co.kr

www.mayabook.co.kr

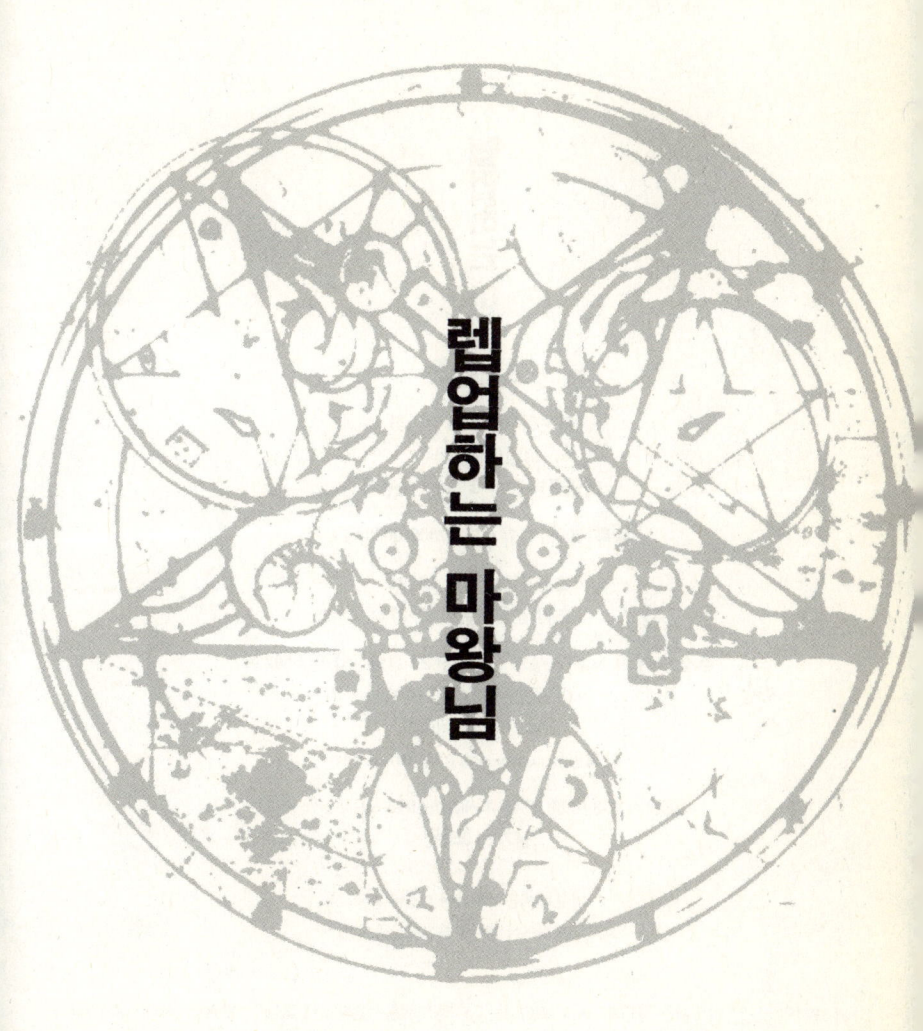

렙업하는 마왕님 ❶

지은이 | MJ STORY 김태형
펴낸이 | 권순남
펴낸곳 | (주)마야 · 마루출판사

등록 | 2008. 1. 7 (제310-2008-00001호)

초판 인쇄 | 2016. 12. 23
초판 발행 | 2016. 12. 27

주소 | 서울시 노원구 상계 1동 1049-25 신영산업 BD 602호
대표전화 | 02-2091-0291
팩스 | 02-2091-0290
이메일 | marubooks@hanmail.net

ISBN | 978-89-280-7545-4 (세트) / 978-89-280-7546-1
정가 | 8,000원

잘못된 책은 교환하여 드립니다.
저자와 협의하여 인지를 붙이지 않습니다.

「이 도서의 국립중앙도서관 출판시도서목록(CIP)은 서지정보유통지원시스템 홈페이지(http://seoji.nl.go.kr)와 국가자료공동목록시스템(http://www.nl.go.kr/kolisnet)에서 이용하실 수 있습니다.」
(CIP제어번호:CIP2016031052)

렙업 안 하는 마왕님

1

MJ STORY 김태형 게임 판타지 장편소설

MAYA&MARU GAME FANTASY STORY

마야&마루

☪ 목 차 ☪

프롤로그 …007

제1장. 마왕이 되어 주십시오 …015

제2장. 이건 진짜 노가다잖아! …045

제3장. 폼이 개판이야 …083

제4장. 레벨이 오른다 이거지? …113

제5장. 돌 제대로 밟았다 …139

제6장. 각성진화를 수행하시겠습니까? …169

제7장. 뭐해요? 강화하자면서 …199

제8장. 전체 랭킹 1위를 상대하는 일인데도? …245

제9장. 저 침착함은 도대체 뭔데? …275

제10장. 막타 뺏지 마라. 뒈진다 …293

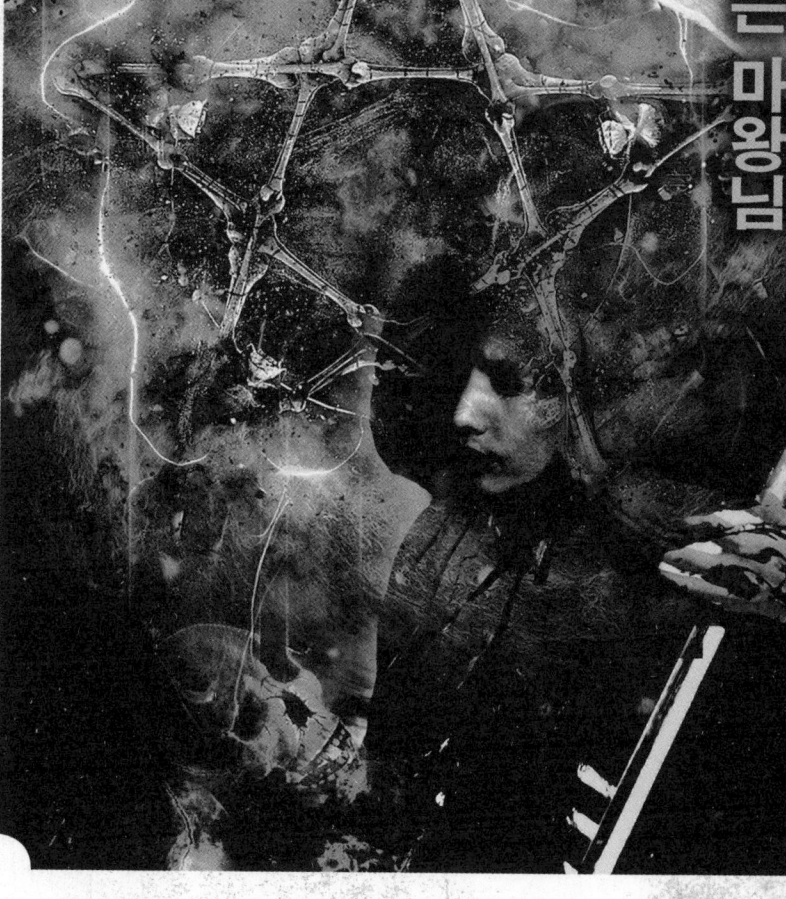

프롤로그

렙업하는 마왕님

"일로 와."
"오늘 서버 종료일 아닙니까. 거, 적당히 하십시다."
말은 세게 뱉어 놓고도 마왕은 자꾸 뒷걸음질을 쳤다.
저놈 멍청해 보여도 나름 인공지능이다.
"네가 좀만 더 강했어도, 이 세계 안 망했다."
"아니, 게임을 재미없게 만들어 놓고 왜 내 평계를 대요?"
"내가 만들었냐?"
"그럼 뭐, 난 스스로 탄생했소?"
"근데 이 새끼가!"
 강철이 마왕의 머리를 후려쳤다. 마왕의 머리에 커다란
빵꾸가 나고 풀썩 쓰러졌다.

"마왕으로서의 위엄을 좀 보여라. 죽을 때 죽더라도, 끝까지 당당하게."
"나, 그래도 당신한테 말곤 한 번도 죽은 적 없소."
"그건 유저가 몇 없으니까 그렇지."
"아니오. 나 정말 강하게 설계됐소."
뭍에 올라온 붕어처럼 너서은 입만 겨우 뻥긋거렸다.
"그럼 뭐하냐? 나한텐 만날 털리는데."
"그니까요."
마왕은 희미해져 가는 시야로 상대를 바라봤다.

[강철]
LV 9,999
모든 아이템 +999 강화
보유 금액 9,999,999,999
업적 MAX
명예 MAX

잡다한 건 말할 필요도 없이 최고치.
이 세계의 절대자.
아, 저 인간 때문에 진짜 졸라게 고생했다.
레이드 보스몹을 어떻게 혼자 와서 허구한 날 쳐 죽이냐.
그래 놓고는 뭐? 마왕의 위엄을 좀 보이라고?

개색꺄! 네가 내 입장 돼 봐라!
'그럼 뭐해! 어차피 서버 닫는데. 큭큭!'
마왕은 이러나저러나 죽는 건 매한가지라며 킥킥거렸다.
그러거나 말거나, 강철은 청춘을 바친 게임의 마지막을 목도하기 위해 눈을 부릅떴다.
카운트다운 같은 건 없는 건가.
아아, 유저가 몇 없어 접는 게임에 너무 많은 걸 바라는 거 같기도 하고.
이젠 뭘 하지?
다른 게임 하자니 너무 늦게 시작해서 현질 오지게 해야 되는데.
미친! 겜돌이 주제에 현질할 돈이 어디 있어. 이 세계 아이템이라 봐야 이제 팔지도 못하는데.
그때였다.
띠링!
귓말이었다.
마지막 순간에 귓말은 또 누가 보낸 거야?
「강철 씨, 접속 중이신가요?」
닉네임 넥씨 소프트.
뭐, 귓말 온다고 일일이 대답해야 되는 건 아니니까.
강철은 저물어 가는 석양을 오래도록 바라보고 있었다.
띠링!

「넥씨 소프트 개발팀장인데요, 드릴 말씀이 있어서요.」

진짜 할 말 있는 사람들은 대답 안 해도 하기 마련 아닌가.

그냥 하늘이나 보자.

혹 모르지. 엔딩 크레딧이라도 나올지.

「자세한 말씀 드리고 싶은데, 시간이 없네요. 곧 서비스 종료되거든요. 만나서 이야기하고 싶습니다. 어디 계시죠? 꼭 찾아뵙겠습니다.」

「확인하신 걸로 나오는데.」

「답장 좀 부탁드리겠습니다.」

그래, 확인이야 했지.

근데 확인한 걸 어떻게 알지?

진짜 넥씨 소프트인가?

넥씨 소프트면 '어둠의 나라'라고 메가히트 게임을 보유한 국내 굴지의 개발사다. 물론 그런 그들도 지금 내가 하는 이 게임은 시원하게 말아 잡쉈지만.

「강철 씨, 읽고 계시다는 가정하에 간단하게 말씀드리겠습니다. 저희 이번에 '어둠의 나라'에 대규모 패치가 진행될 예정이거든요.」

그건 그쪽 동네나 궁금해할 이야기다.

「최종 보스가 되어 주십시오.」

나는 그냥 석양이나…….

「마왕이 되어 주십시오.」

뭐?
「게임 역사상 가장 강력한 마왕의 탄생을…….」
채 다하지 못한 귓속말을 끝으로 게임이 종료되었다.

렙업하는 마왕님

강철은 다른 게임을 기웃거렸다.
어제부로 서비스 종료된 '카이얀'을 더는 즐길 수가 없으니, 다른 게임을 찾아야 했던 거다.
흠흠.
이건 저래서 안 되고, 요건 요래서, 저건 또 저거니까.
안 되는 이유도 참 오만 가지다.
그래서 남은 게임은 역시나,
"천 번을 생각해도 어둠의 나라야."
카이얀을 하고 있다면 모를까, 접고 다른 게임을 하는 거라면 단연 어둠의 나라밖에 없다.
"그럼 뭐하나. 먹고 죽을래도 없는데."

어둠의 나라는 유료 게임이다. 현질을 안 해도 한 달에 3만 원씩 이용료로 내야 한다, 이 말이다.

"젠장."

어제 어떤 놈이 운영자를 사칭하며 마왕이 되어 달라는 개소리를 하긴 했었는데.

미친놈! 멀쩡한 몹 두고 그게 뭔 소리야.

진짜라면 참 좋긴 하겠다.

그때였다.

띵- 동!

초인종 소리였다. 이윽고 바로 똑똑! 노크 소리가 들렸다.

아아, 참을성 없는 상근들이 예비군 통지서 돌릴 때 꼭 저런다.

벨과 노크를 동시에 시전하는 저거.

당하는 입장에선 딥빡이다.

강철은 현관으로 가 문을 열었다. 원룸이니 몇 걸음 걷지 않아도 되었다.

"강철 씬가요?"

어라? 상근이 아니네?

그럼 50프로의 확률로 도를 아십니까, 나머지 오십은 이상한 사이비 종교. 아아, 두 개가 같은 건가.

강철이 문을 획 닫으려는데,

"넥씨 소프트입니다."

"저 넥씨 안 믿어요."

쾅!

잠깐, 넥씨라고?

강철이 걸쇠를 건 채로 문을 열었다.

"넥씨가 왜요?"

아아, 내가 애새끼들 좀 죽였어야지.

그래도 욕이나 패드립 같은 건 절대 안 하는데.

그냥 까부는 놈들 좀 어루만져 주고 그랬을 뿐인데, 그거 때문에 찾아왔나?

"어제 귓말을 드렸는데요."

"귓말이요?"

어제 무슨 귓말? 아, 혹시?

"마왕."

작게 열린 문틈으로 복도를 지나가는 애 엄마 둘이 보였다.

그래서였을까.

"어제 마왕 귓말……."

직원은 쑥스러운 양 목소리를 낮췄다.

⚘

귓말이면 무시할 수 있지만, 집까지 찾아오면 이건 또 애기가 달라진다.

강철은 옷을 주섬주섬 챙겨 입고 집 밖으로 나섰다.

"혹시 자주 가는 카페라도 있으신가요?"

겜덕이 자주 가는 카페라 봐야 녹색 포털 카페가 다다.

눈치를 챘는지 찾아온 직원은 '오다 괜찮은 카페 봤는데, 그리로 가시지요.' 하고는 앞장섰다.

그래. 그러지, 뭐.

평일인데도 카페엔 사람이 꽤 많았다.

몇 없는 자리 중에 그나마 편해 보이는 창가 쪽으로 강철은 자리를 잡았다.

"인사가 늦었네요. 김백준입니다."

그가 건넨 명함엔 '개발1팀장 김백준'이란 글씨가 적혀 있었다.

"뭐 드시겠어요?"

"얘기부터 하면 안 될까요?"

"그러지 마시고 일단 드시죠. 커피 괜찮으신가요?"

"그러죠, 뭐."

커피는 쓰니까 이왕이면 달달한 걸로.

강철은 과일 스무디, 김 팀장은 아메리카노를 들고 자리로 돌아왔다.

"흠흠."

팀장은 자리에 앉아서는 주위를 휘휘 둘러봤다. 누가 있는지 확인한 그는 안심해도 되겠다는 양 조심스레 입을 열었다.

"마왕이 되어 주십시오."

강철은 팀장을 빤히 바라보았다.

"위대한 악당이 필요한 때입니다."

"그건 어제 들었잖아요."

그다음 얘기.

"그게 전부입니다."

그 얘기 하러 여기까지 왔다고? 귓말로 한 거 또 하러? 넥씨 직원 할 만하네. 별거 아닌 걸로 왔다 갔다 하고.

"그러시구나."

강철은 심드렁한 얼굴로 창밖을 바라봤다.

한참 렙업할 시간인데, 사람들은 잘도 밖에 돌아다니고 있었다.

창문 유리로 팀장의 얼굴이 비쳤는데, 자꾸만 움찔거리는 폼이 뭔가 할 말이 있는 모양이었다.

강철이 고개를 돌리자 그는 기다렸다는 듯 입을 열었다.

"대, 대답 좀……."

"뭔 대답이요?"

"마왕……."

아, 마왕.

그래, 마왕.

"별로 그렇게 당기진 않는데요."

"예?"

놀란 직원과 달리 강철은 무덤덤하니 창밖을 바라봤다.

마왕은 잡는 거지, 하는 거 아니다.

강철의 상식으론 그랬다.

"부탁드리겠습니다!"

직원은 대뜸 고개부터 숙였다.

이런 상황 익숙지 않은데.

"보스몹을 만들면 되지, 왜 유저한테 찾아와서 몹이 되어 달란 거예요?"

고개까지 숙이는데 매몰차게 거절할 수야 있나.

그래서 몇 마디 물어본 거였다.

직원은 후딱 고개를 들고는 말을 받았다.

"인터넷 찾아보시면 나올 겁니다. 업데이트된 레이드 보스몹들 두 시간 만에 격파되었단 기사들요. 저희 쪽에선 몇 달간 만든 콘텐츠인데, 길어야 하루 만에 공략되니까 대책을 세워야 하는 실정입니다."

"아, 그러시구나."

구구절절한 사연인데, 크게 공감 가는 내용은 아니었다.

서비스 종료돼서 놀고 있는 놈이 넥씨 걱정해 주랴?

아서라.

"혹시나 오해하실까 봐 말씀드리는데, 마왕은 NPC 아닙니다."

 대낮인데도 카페는 꽉 차 있다.

 "강철 씨도 유저로서 게임에 참여하시는 겁니다. 다른 이들과 역할이 좀 다를 뿐이지요."

 팔자 좋은 사람들 참 많네.

 "마왕, 히든 클래스입니다."

 그래, 다들 히든 클래스신가?

 잠깐,

 "히든 클래스요?"

 순간 직원은 놀라 주위를 둘러보았다. 결코 새어 나가면 안 되는 대단한 비밀이라도 말한 듯이.

 주위 반응을 살핀 직원은 겨우 안심이 된 양 입을 열었다.

 "당연히 히든 클래스죠. 마왕은 게임상에서 존재하는 가장 희소한 캐릭터입니다. 끝판왕인데요."

 오호라?

 강철이 관심을 보이자 직원은 신이 나서 말을 이었다.

 "강철 씨가 1레벨이면 어둠의 나라 최종 보스의 레벨은 1레벨이 되는 거고, 9,999레벨까지 성장하시면 역시나 끝판왕은 아무도 못 잡는 최강의 보스몹이 되는 겁니다. 어떠세요? 세계의 중심에 서시는 겁니다. 신나지 않으세요?"

 "근데 그걸 왜 제가 해야 되죠? 그 좋은 걸?"

 "카이얀의 최강자셨잖아요!"

그게 뭐?

유저도 몇 없는 게임, 거 뭐 대단한 거라고?

"카이얀이 사실 처음부터 망겜은 아니지 않았습니까? 톡 까놓고 말해서, 강철 님이 그때, 3년 전이었죠? 길드 도장 깨신다고 다 뚜드리고 다니셨던 거 기억하세요?"

신나서 하고 다닌 건데, 기억 안 날 리가 있나.

"그때 상위 랭커들 완전히 짓밟으셨잖아요. 아템 다 뺏고, 렙따 싹 시키고."

"철없을 때라."

별로 문책하는 분위긴 아닌데, 그냥 좀 민망하네.

"그때 유저들이 많이 접어서 꺾인 거지, 게임 자체는 좋았습니다. 저희 게임이라 쉴드 치는 게 아니고요."

뒤늦게 손해배상이라도 하고픈 건가.

강철은 눈만 끔뻑거렸다.

"아, 그 정도로 막강한 포스를 뿜어낸 절대자는 강철 님이 유일하셨다, 그겁니다. 저희가 서비스하는 게임 통틀어서요."

"그렇군요."

끄응! 카이얀이 나 때문에 망했다고?

그렇게 따지면 나 마왕 잘못 시켰다가 어둠의 나라도 망하면 어쩌려고.

표정에 쓰여 있었을까?

"걱정 마십시오. 그때보다 더 잔혹하게 밟아 주셔도 됩니다. 그땐 그때고, 지금은 마왕이시잖아요."

근데 난 이거 왜 고민하고 있는 거지?

"언제까지 결정하면 되는데요?"

"솔직히 저희는 오늘부터 시작하는 게 제일 좋습니다만."

"오늘이요?"

"예. 본사에 가셔서 인사도 좀 하시고, 안 그래도 지금 다들 기다리고 계셔서……."

전화해서 기다리지 말라고 하면 되는걸, 뭐.

"저 좀 살려 주십시오. 어떻게든 모셔 오라고 명받고 온 겁니다. 오죽했으면 귓말 드린 다음 날 바로 찾아왔겠습니까."

"바로 답 드리긴 곤란해요. 저도 생활을 해야 돼서."

"괜찮으시다면 결정과 동시에 첫 달 급여 정도는 바로 지원해 드리겠습니다. 강철 씨는 게임만 하시면 됩니다."

응? 돈을 준다고?

"직원 개념으로 삼백만 원 정도는 보장해 드릴 수 있습니다. 본봉은 그 정도고, 인센티브로 유저들 잡으실 때마다 특별수당이 지급됩니다."

잠깐! 그러니까 내가 마왕 하면서 사람들 때려잡으면 돈 준다, 이거잖아?

"얼마나 주는데요?"

"아, 인센티브요?"

본봉은 관심 없다. 인센티브가 중요하다.

"유저의 레벨이나 명성에 따라 다르겠지만, 평균적으로 한 명당 오만 원 정도는 드려야 되지 않을까요?"

"네임드 잡은 건?"

"물론 더……."

"잡은 사람 또 잡는 건요?"

"그것도 물론……."

답을 다 하기도 전에 질문이 계속 날아들었다.

"그럼 하루에 백 명을 잡아도 돈 주는 거예요?"

"물론입니다."

"천 명도요?"

"그럼요."

"만 명도?"

김 팀장은 눈알을 굴려 그게 얼마쯤 되는가 고민하는 듯했지만, 이내 '드려야죠.' 하고 고개를 끄덕이는 거였다.

한 명당 만 원만 잡아도 만 명이면 1억이다! 내가 부지런히 애들만 좀 썰고 다니면 벼락부자 되는 거다!

"나중에 딴소리하기 없습니다."

"계약서도 써 드릴 수 있습니다."

유저들아, 너넨 다 뒤졌다.

"합니다. 무조건 해요."

강철의 말에 직원은 카페에서 '만세!' 하고 소리쳤다.

※

좀처럼 흥분이 가시지 않았다.

돈 안 줘도 유저 잡고 다니던 강철이다. 그거 돈 받고 하라는데 흥분하는 게 당연했다.

강철은 김 팀장의 권유에 넥씨 소프트 본사로 향했다. 꼭대기 층에 마왕을 위한 방이 준비돼 있다고 했다.

엘리베이터에서 내리자마자 강철을 맞이하는 사람이 있었으니,

"반갑습니다."

얼굴이 곧 명함인 스타 개발자, 송재균이었다.

TV에서나 보던 인물이 눈앞에 있자 강철은 얼떨떨했다. 겜덕이라면 꼭 만나 보고 싶은 인물이 분명했으니까.

"이번 마왕 콘텐츠를 기획한 게 저입니다. 꼭 기대에 걸맞은 활약을 보여 주셨으면 좋겠습니다."

남들 아무도 안 하는 걸 왜 만들었나 싶었는데, 이 양반 작품이었나 보다. 유저를 몹으로 만드는 말도 안 되는 기획도, 스타 개발자가 밀어붙이면 가능한 일인가 싶었다.

"잠시 대화 좀 나눌 수 있을까요?"

평범한 말이었는데 표정이 비범했다.

강철을 보고 말하는데, 눈은 어디 애먼 데를 보고 있는 폼이 그랬다.

왜 있잖은가. 이야기를 진행하면서 동시에 다른 생각도 하는 것 같은 그런 표정.

강철이 고개를 끄덕이자 송재균이 자리를 옮기자고 제안했다.

뭐, 그 정도야.

송재균이 앞장섰고, 강철은 뒤따랐다.

"일단 마왕의 방이라고 이름은 지어 놨는데."

커다란 방이었다. 전체가 통유리로 돼 있어서 채광이 아주 좋은, 강철의 원룸과는 극과 극인 공간이었다.

중앙엔 캡슐이 놓여 있었다. 옆으로 옷장과 테이블, 등받이가 제대로 된 가죽 의자 등이 깔끔하게 배치되어 있었다.

신경 쓴 티가 난다고 할까.

"마음에 드시나요?"

"예, 뭐."

어차피 여기서 살 것도 아니고, 깔끔하면 좋기야 하다만 진짜 중요한 건 그게 아니었다.

"드릴 말씀이 있는데요."

"예. 말씀하시죠."

"개발자님께 말씀드리는 게 맞나 싶은데."

"뭐든 여쭤보세요. 괜찮습니다."

그래. 괜찮다니까, 뭐.

"돈에 관련된 건데요, 본봉을 주신다고 하더라고요."

"아, 액수가 좀 부족하신가요?"

아니, 그 반대다.

"차라리 본봉을 줄이고, 인센티브를 높이는 게 어떤가 해서요."

"비율을 조정하고 싶으신 건가요?"

또 나왔다. 말하면서 딴 데 보는 저거.

그래도 난 할 말 할란다.

"전 본봉 없어도 됩니다. 대신 한 놈 잡을 때마다 주는 금액을 올리면 어떨까 해서요. 곤란하시면 백 놈 잡을 때 보너스, 천 놈 잡을 때 더 큰 보너스, 이런 식으로도 좋고요."

"그러다 한 명도 못 잡으시면 무료 봉사 하게 될 텐데요?"

"한 놈도 못 잡을 거였으면 넥씨에서 저 안 골랐겠죠. 마왕 하라고."

강철의 말에 송재균이 재미있다는 듯 미소를 지어 보였다. 여전히 시선은 한데 고정돼 있지 않은 채였다.

"먼저 접속해 보시는 게 좋을 겁니다. 그 뒤에 결정해도 늦지 않으니까요."

하긴, 방도 안 보고 집부터 계약하는 놈 없다.

하지만 내 생각은 다르다.

고시원 들어가면서 평생 거기 살겠다고 들어가는 놈도 없는 법이다. 언젠가 여기서 나가고 말 거다, 누구나 그리 다짐하고 들어간다, 고시원은.

포부를 가져야 그 일이 실제로도 일어나는 법이니까.

"접속하고도 제 마음이 변함없다면 그렇게 해 주실 수 있는지 묻고 싶은 겁니다."

"물론 해 드려야죠."

송재균이다. 뱉은 말 뒤집을 양반은 아닐 거다.

강철은 바로 자리에서 일어서선 캡슐로 향했다. 근처로 다가가자 캡슐이 저절로 열렸다. 촌스럽게 우와! 할 뻔했다.

캡슐에 몸을 누였을 때였다.

"아, 궁금한 거 하나 더 여쭤봐도 될까요?"

"물론입니다."

시야 밖에서 송재균의 목소리가 들렸다.

"혹시 개발자님도 이 게임 하시나요?"

"비밀입니다."

웃음기 어린 답변이었다.

곧 캡슐이 닫혔고, 우우웅! 소리와 함께 접속이 시작되었다.

하늘 높이 솟아오른 한 쌍의 뿔, 온전히 펴면 15미터쯤 되는 거대한 날개.

그 큰 날개를 숨겨 줄 어깨야 우랄산맥 저리 가라고.

강철 같은 피부에 기다란 팔다리는 남자다움을 더해 주는데.

마왕이래서 걱정했더니 얼굴도 멀쩡하니 잘생겼다!

전체적으로는 용맹한데, 얼굴만 놓고 보면 샤프한 느낌이랄까.

그래. 외모는 이 정도면 됐다.

이젠 아이템을 확인하자.

인벤토리를 열어 보니, 에픽에다 세트인 마왕 전용 아이템이 시작부터 곳곳에 착용되어 있었다.

강화도 +15씩 돼 있어서 이건 뭐, 막강하기 그지없는 상태였다.

호불호가 갈릴 수 있는 뿔이나 날개, 이런 건 죄 아이템들이라 흉하다 싶으면 탈착이 가능했다.

능력치만 적용받되 뿔이나 날개 같은 건 숨겨 주세요, 하는 식의 외형 설정도 문제없었으니,

"나름 열심히 배려해 줬구만?"

강철의 얼굴에 만족스런 미소가 걸리는 건 당연했다.

외형에 아이템까지 확인했으니, 다음은 능력치다.

스탯창을 열어 보니, 레벨은 1.

그래. 처음 시작했으니, 그건 뭐 어쩔 수 없고.

한데 그 아래로 쭉 늘어선 숫자들을 보니,

"으응?"

죄 세 자리다.

일반 유저는 한 자리부터 시작하는데, 마왕은 어떤 능력치고 기본 100이 넘는 데서 시작한다, 이 말이다.

"장난 아닌데?"

혹시 아이템 버프 때문에 그런가 하고 봤더니 아니었다.

순수 능력치만 그 정도요, 아이템 착용하고 세트 효과까지 받으면 천 단위 넘어가는 것도 몇 개씩 있을 정도였다.

1렙이 이 정도면 앞으론 어떤 캐릭터가 탄생할지 가늠도 되지 않았다.

정말이지 히든 클래스가 확실했다.

"송재균 개발자가 모처럼 일 내는구만!"

음홧홧홧!

이런 캐릭터를 보고 어찌 웃지 않을 수 있으랴!

강철은 다시 큰 소리로,

"음홧홧홧!"

우렁차게 웃어 보였다.

[마왕의 날개]

+15강

고속 비행 가능

옵션 죽인다.

능력치 강화 같은 거 다 빼고, 저기 척 박혀 있는 '고속 비행 가능'이란 문구가 참 마음에 들었다.

낑해야 말이나 타고 다닐 유저들은 상상도 못할 속도였다.

"키야! 내가 하늘을 다 나는구나!"

강철은 날갯짓을 하며 마왕성을 한참 동안 누비고 다녔으나, 이놈의 마왕성이란 곳은 한도 끝도 없이 이어졌다고 느낄 정도로 거대했다.

그래. 이 육체도 마음에 들지만 여기 마왕성도 장난 아닌 거다.

뭐랄까? 고풍스런 느낌의 성인데, 일단 천장이 무지하게 높아서 답답한 마음이 전혀 들지 않았다.

천장은 곳곳이 유리로 되어 있어서 음침함과는 거리가 멀었다.

습기도 없고, 환기도 잘되고, 이 정도면 최고지.

아주 여기서 살고 싶을 정도야.

"좋다. 모든 게 훌륭하다. 이제 유저만 잘 썰면 난 성공적인 마왕으로 거듭날 수 있는 거다."

그때였다.

똑똑.

"들어가도 되겠습니까?"

낮고 굵은 음성이 들렸다. 문밖에서 들려온 소리였으나, 또렷하게 잘 들렸다.

마왕은 청력도 엄청난가 보다.

"들어와."

정면으로 나 있던 문이 열리며 거대한 덩치의 케인이 모습을 드러냈다.

고슴도치 가시 모양의 수염이 얼굴 반을 뒤덮은 케인은 배도 불룩 나와 있었다.

"마왕님을 뵙니다."

녀석이 고개를 꾸벅 숙였다. 강철은 날개를 접고 바닥으로 내려와선 인사를 받았다.

"마왕님을 보필할 보좌관입니다."

NPC와의 뜨거운 우정, 이런 거 관심 없다.

어쨌거나 날 보좌한다고 했으니까.

"유저들을 썰고 싶은데, 언제 오지?"

"아, 용사 놈들은 지금 차원의 틈을 개방하려고 온갖 노력을 쏟고 있습니다. 지금 기세대로라면 한 달 정도 뒤엔 열리고 말 것 같습니다."

그 말인즉, 게임 스토리상으로 여기 마왕성이 한 달 뒤에나 업데이트된다는 건데?

"그럼 그동안은 유저가 여기 못 들어온다는 거야?"
"영원히 못 오도록 최선을 다하고 있습니다만……."
뭔 개소리야! 유저들이 넘어와야 그놈들 썰고 돈을 벌지!
케인의 말대로라면 강철은 한 달 동안 백수 생활을 해야 한다는 거다.
본봉 없애고 인센티브를 올려 달랬으니, 한 달은 꼼짝없이 거지꼴 될 판이다!
"더 빨리 넘어오게 할 순 없고?"
"그걸 왜……."
"내가 이유까지 설명해야 되냐?"
"아, 그건 아닙니다."
케인은 강철의 눈치를 살피다 말을 이었다.
"저희 쪽에서 차원의 틈을 여는 건 불가합니다. 방법이 없습니다."
"에라이!"
강철은 열이 뻗쳐 허공에 주먹질을 했다.
그러자,
콰과과광-!
거대한 충격파가 마왕성 한 벽면에 구멍을 뚫어 버렸다.
케인은 그 모습을 넋을 놓고 바라봤다.
"여… 역시 마왕님이십니다. 우리의 호프, 우리의 희망."
"젠장!"

뻥 뚫린 구멍으로 마왕성 바깥이 보였다.

과연 업데이트 전이라 그런지, 별다른 거 없이 황량한 풍경만 펼쳐져 있었다.

하긴 유저가 올 거면 길이라도 좀 만들고, 마왕성 느낌 낸다고 용암이나 불길 같은 거 좀 깔아 놨을 거다. 하다못해 오는 길 심심할까 봐 몬스터도 몇 풀어 뒀을 거고.

다시 봐도 유저들이 올 분위기는 아니었다.

"그놈들 다 썰어야 되는데!"

"역시 마왕님! 하루 온종일 용사 놈들 소탕할 생각만 하시는군요!"

그놈들 잡아야 돈 나온단 말이다!

강철이 이러지도 저러지도 못하고 머리만 쥐어뜯을 때였다.

"그러시면 마왕님께서 직접 가시는 건 어떠신지요?"

"뭐?"

"차원의 틈을 열어 대규모 이동이 가능하게 하는 건 불가하더라도, 개인이 오갈 포탈 정도는 제가 열어 드릴 수 있습니다."

"그래?"

강철이 환희에 찬 얼굴로 묻자,

"당장 만들어 드리겠습니다!"

케인은 마침내 마왕에게 도움이 됐단 생각에 한껏 들뜬

얼굴로 주문을 외웠다. 그러자 곧,
 지잉!
 검은빛 포탈이 모습을 드러냈다.
 강철이 고맙다는 말 대신 휙 눈을 맞추자, 무슨 성은이라도 입은 것처럼 케인은 감격에 찬 얼굴이 되었다.
 칫! 오버는.
 강철은 고민 없이 포탈로 몸을 날렸다.

※

 액트 1 레이드 보스몹 레오는 오늘도 뒈지게 맞는 중이었다.
 오우거 베이스로 만들어진 놈인데, 뿔도 크고 손에 큼지막한 도끼도 들었다. 덩치는 어지간한 성에 들어가도 천장을 뚫고 나올 지경이다.
 사람으로 따지면 3미터 정도 된다고 보면 정확할 거다.
 근데 3미터고 지랄이고, 수에는 장사 없다.
 "우억! 우억!"
 보스는 한 놈인데 40명씩 달려드니, 이거 답 없는 거다.
 어중이떠중이 모인 파티면 또 모르지만, 오늘처럼 길드가 줄 서 있는 날엔 줄초상 예약이다.
 "쿠오오!"

레오는 도끼를 크게 휘두르며 반항했지만, 유저들은 백스 텝을 밟으며 가뿐히 공격을 피해 냈다.

그럼 쿨타임 동안 공대의 공격을 그냥 처맞아야 한다.

"쿠엉!"

오늘의 적은 제논 길드였다. 신생이지만 길드 마스터의 돈지랄로 그 성장세가 무서운 이들이었다.

"몇 초 지났지?"

"20초입니다."

"그럼 17초 남은 거로군."

제논 길드는 현재 액트 1, 타임 어택 신기록에 도전 중이었다. 신생 길드가 이름을 떨치는 데 기록만큼 좋은 게 없기 때문이었다.

"기록 가능성은?"

"99프로입니다."

"좋아."

길마 권경우의 얼굴에 환희가 차올랐다.

지금까지 게임에 쏟아부은 돈만 5억 이상.

그렇지만 거대 길드를 만들어 적당한 성만 하나 먹게 된다면 투자 비용은 금방 뽑을 수 있다는 게 그의 생각이었다.

고로, 길드의 이름을 떨칠 수 있는 오늘의 레이드는 그에게 정말이지 중요했다.

"모두 집중해!"

"옙!"
모두가 한목소리가 되어 권경우의 말에 답할 때였다.
"…어어?"
길드원 하나가 단결된 분위기를 흩트려 놓았다.
"집중하란 말 못 들었어?"
"아, 아니, 그게 아니고……."
"뭐야?"
"유, 유성이 떨어지고 있습니다."
"병신! 그게 지금 뭐가 중요해?"
"저희 쪽으로 떨어지고 있는데……."
"뭐?"
콰아아아-!
권경우가 고개를 들었을 때 무서운 속도로 날아드는 유성이 보였다.

포탈이라더니, 이거 뭐야?
강철은 미사일처럼 내리꽂히고 있었다.
엄청난 속도였다.
이 정도면 몸 다 부서지는 거 아닌가.
죽으면 다시 리스폰되겠지, 뭐.

돈 떨어지는 건 무서워도, 하늘에서 뚝 떨어지는 건 별로 무섭지 않은 강철이다.

　마음을 편안히 먹을 무렵, 콩알보다 작던 인간들이 하나둘 그 형태를 가늠할 수 있게 되었다.

　놈들은 죄 하늘을 올려다보고 있었다. 강철이 떨어지는 걸 빤히 바라보는 중이었다.

　"뭐해, 저것들은? 안 비키고."

　곧 강철의 발이 땅에 닿았고,

　쾅-!

　강철이 착지한 곳을 중심으로 거대한 원이 그려졌다.

　잠시 뒤,

　쩌저저적-!

　원을 중심으로 땅이 쪼개지는가 싶더니, 이내 지반이 내려앉았다. 지름 15미터쯤 되는 구덩이가 순식간에 생겨 버린 거였다.

　그 중심엔 강철이 있었다. 강철은 그 구덩이 한가운데서 고개를 들었다.

　"요란한 등장이로구만."

　그때였다.

　[이계에 도착했습니다.]

　[플레이어 강철 님이 착용하고 있는 마계 전용 아이템이 1분 뒤 해체됩니다. 착오 없으시길 바랍니다.]

응?

강철은 빠르게 인벤토리를 열었다. 머리부터 발끝까지 죄 마계 전용 템이었다.

"뭐야? 그럼 다 벗겨진다고?"

이런!

팟! 후웅-! 후웅-!

강철은 날개를 펴 구덩이를 빠져나왔다. 1분 뒤면 날개를 못 쓸지도 모르니, 일단 빠져나오고 본 거였다.

구덩이 밖으로 나오자 경악에 찬 시선들이 보였다.

그래 봤자 열 놈쯤 되었을까?

"40인 레이드 아냐? 다 어디 갔어?"

강철이 고개를 갸웃할 때였다.

[30KILL을 달성하셨습니다.]

응? 그냥 도착만 했는데, 뭔 30킬?

강철은 놀라 주위를 두리번거렸다. 그러자 거대한 구덩이 근처로 널브러져 있는 유저들이 보였다.

아! 미처 못 피한 얼간이들이 30명이나 되나 보구만?

"ㅎㅎㅎ!"

30킬이면 150만 원이다.

돈이다! 돈! 그것도 150만 원!

공사판에서 들통 종일 지고 버는 돈이 15만 원인데, 그나마 트집 잡히면 12만 원 받는다.

그런데 이렇게 등장한 것만으로 150을 번 거다.

강철은 짜릿한 감정이 올라와 눈을 번들거리며 주변을 둘러보았다.

150만 원!

밀린 월세 다 지불하고도 조금 남는다.

이렇게 유저들만 때려잡으면 또 버는 돈!

이제 지긋지긋한 궁상 떨쳐 내고, 김밥헤븐의 모든 메뉴를 다 주문할 수도 있고, 빌어먹을 노트북도 살 수 있고!

"시발! 감회가 새롭구만."

[마계 전용 아이템 해제까지 30초 남았습니다.]

잠시 소회에 젖었던 강철이 휙 표정을 바꿨다.

40인 레이드에 30킬을 했으면 아직 열 놈, 50만 원이 더 남았단 소리다.

'아이템 해제되기 전에 후딱 처리한다.'

전의를 상실한 무리가 뒷걸음질을 쳤다. 그러곤 이내 동료를 버리고 도망치기에 이르렀다. 깨진 유리 파편처럼 사방으로 흩어진 거다.

강철은 날개를 펄럭이며 놈들을 쫓았다.

민첩만 천대가 넘어가는 데다, 고속 비행 옵션까지 갖춘 강철이어서 유저 뒤쫓는 건 일도 아니었다.

쾅! 쾅! 콰직-!

강철이 주먹을 휘두를 때마다 공간이 일그러졌다. 마치

시공간을 찢어발기는 듯한 일격이 연속으로 뿜어져 나왔다.

그러나 몇몇은 여전히 도망치는 중이었다.

애들아, 여기서 죽는다고 진짜 죽는 거 아니잖니?

강철은 좀 더 속도를 높였다.

그런데 난 너희를 놓칠 때마다 5만 원을 날린단 말이다.

그건 정말이지 내 주머니에서 5만 원을 뺏기는 것과 다를 바 없거든.

내놔! 거기 서! 내 5만 원아!

콰아!

강철이 입을 쩍 벌리자 방류한 댐처럼 불길이 쏟아졌다.

[39KILL을 달성하셨습니다.]

한 놈 남았다.

강철은 놈에게 저벅저벅 걸어갔다. 길드 마스터 휘장이 달린 놈이었다.

근데 저 새낀 왜 저렇게 떨어?

진짜 죽는 것도 아닌데. 염병! 오버하기는.

[마계 전용 아이템 해제까지 10초 남았습니다.]

[추가로 1KILL 달성 시, 길드원 몰살 기념 추가 보너스를 드립니다.]

메시지가 떠오르기 무섭게 강철은 주먹을 그러쥐었다.

콰광!

주먹을 쥔 것만으로도 벽이 우수수 무너졌고, 돌 더미가 길마의 머리로 쏟아져 내렸다. 돌무덤처럼 말이다.

강철은 지체 없이 주먹을 날렸고,

쾅!

일대가 흔적도 남지 않고 사라져 버렸다.

"끝!"

[마계 전용 아이템을 해제합니다.]

[40KILL을 달성하셨습니다. 추가 보너스를 지급합니다.]

이거 꿈 아니지?

가상현실이고 뭐고, 진짜 돈 받는 거 맞지?

강철은 자기 볼을 꼬집어 보았다.

"아악!"

얼마나 세게 꼬집었는지 눈물이 찔끔 나올 지경이다. 그러나 아픈 게 대수겠는가?

"아프니까 돈 받는다! 으홧홧홧!"

강철의 소리가 동굴 가득 쩌렁쩌렁 울려 퍼졌다.

렙업하는 마왕님

제논 길드 2공대는 어안이 벙벙한 얼굴이었다.

번듯한 사무실에 캡슐방 못지않은 시스템까지 갖춘 이들이다. 랭킹 10위 안에 드는 길드를 목표로 몇몇 네임드 유저들이 모여 만든 길드였다.

재력이 되는 길마를 만나, 돈도 섭섭지 않게 쏟았다.

타임 어택 도전에 기록할 수준이 되었고, 기록의 순간을 담으려 동영상까지 촬영하던 차였는데…….

"이게… 뭐야?"

차일목은 놀라움을 금치 못했다.

일렬로 늘어선 1공대의 캡슐이 관처럼 보인 건 기분 탓일까.

접속 종료를 알리는 등이 켜졌건만, 누구도 밖으로 나오지 않았다. 저마다 안에서 눈치만 보고 있는 모양이었다.

푸슉-!

길드 마스터 권경우의 캡슐이 열리고, 뒤이어 기다렸다는 듯 1공대 인원들이 캡슐을 빠져나왔다.

권경우를 중심으로 수십의 인원이 원을 이뤄 섰다.

오늘을 위해 권경우가 들인 노력을 알기에 누구도 입을 열지 못했다.

"돈이 꽤 날아갔군."

권경우는 멀쩡한 얼굴로 말했지만 죽을 만큼 속이 쓰렸다.

힘, 민첩, 생명의 비약 등 버프를 걸어 주는 물약 아이템을 준비하는 데만 천만 원 이상을 투자했다.

길드를 홍보하는 거라면 쓸 수 있지만, 이토록 허공에 날리는 거라면 얘기는 달라진다.

무거운 침묵이 그들을 괴롭힐 때였다.

"동영상 촬영은?"

"다 됐습니다."

권경우의 말에 차일목이 답했다.

"그 괴물 제대로 나왔어?"

"무… 물론입니다."

"여기 그 괴물에 대해 들은바 있는 사람 있나?"

아무도 대꾸하지 못했다. 그러자 권경우의 얼굴에 묘한 미소가 피어올랐다.

"동영상 올려."

"예?"

"어느 커뮤니티고 그런 괴물 발견했단 글 없었어. 우리가 최초 발견자면, 그건 그거 나름대로 길드 홍보 제대로 되는 거야."

"아!"

컴퓨터 앞에 달려갔던 차일목이 잠깐 멈칫했다. 그는 몹시 곤란하단 얼굴로 권경우를 바라봤다.

"뭐야? 뭐 문제 있어?"

"이걸 그대로 올려도 될까요? 괴물 나오자마자 우리 길드원들 반응이……."

저 혼자 살겠다고 이리 뛰고 저리 뛰고, 길마 놈은 무서워서 벌벌 떨고.

"편집해서 올리면 되잖아!"

권경우가 벌게진 얼굴로 소리쳤다.

※

넥씨 소프트 본사.

환한 햇살이 들어오는 방 중앙, 개발자 송재균이 씩 미소를 짓고 있었다.

그는 동영상 사이트에서 '어둠의 나라 괴몬스터 출현'이라는 영상을 확인하는 중이었다.

영상도 영상이지만 댓글이 더 궁금하던 차였다.

〈저건 뭐야? 몹이 아이템이라도 두른 거야? 왜 몸에서 빛이 나고 지랄이야, 지랄이?〉
〈15강쯤 되나 본데?〉
〈15강 템 본 적 있어요? 어떻게 알아요? 아직 없는 걸로 아는데.〉
〈위에 놈 바보임? 14강까지 저런 이펙트 봤음? 못 본 거 튀어나왔으니 15강이지.〉
〈아니, 넥씨 새끼들 쳐 돌았나! 이젠 몹한테도 템을 줘? 그것도 15강을?〉
〈근데 여러분들, 이 영상 어케 믿고 떠드세요?〉

지금 이 순간도 댓글은 계속 달리고 있었다.
"반응이 대단하군요."
송재균이 웃으며 혼잣말을 했다.
그때였다. 송재균의 내선 전화가 울린 것이.
화면에 집중하느라 다섯 번쯤 신호를 못 듣다가, 아! 탄성과 함께 전화기에 손을 가져갔다.

(소현민 팀장입니다. 자꾸만 문의가 와서요. 어디까지 답변을 해야 할지 직원들에게 가이드라인을 주려고 연락드렸습니다.)
"추후 업데이트 내용입니다. 당연히 비밀이죠."
(전부요?)
소현민 팀장이 확인하듯 꾹꾹 눌러 발음했다.
"전부요."
(아, 예. 그럼 그렇게 전하겠습니다.)
수화기를 내려놓은 송재균은 넌지시 창밖을 바라봤다.
오랜 시간 노을을 응시하던 그는,
"이 정도면 승부수를 띄워 볼 만하겠네요. 좋아요. 한번 해 봅시다."
혼잣말을 중얼거렸다.

꿈

다음 날 아침, 강철은 눈 뜨자마자 넥씨 소프트 본사로 향했다.
출퇴근하는 시간도 아까워서 당분간 거기서 살겠노라, 짐도 바리바리 싼 채였다.
강철이 제일 먼저 찾은 곳은 송재균 개발자의 방이었다.
강철은 급한 마음에 노크도 없이 문을 열었다가 아차 싶어 다시 문을 닫으려 했다. 그러자 안에서 '괜찮습니다. 들어오세요.' 웃음기 섞인 답이 들려왔다.

강철은 얼른 안으로 들어갔다.

"어제는 어떠셨습니까? 적응할 만하시던가요?"

"좋았습니다."

벌어들인 액수가 특히 좋았다.

"어제 말씀 못 드린 게 하나 있습니다. 더 늦어지면 오해가 생길까 봐서요."

"저도 할 말이 있는데요."

"그럼 먼저 하시지요."

강철은 이럴 때 빼지 않는 성격이다.

"여기서 숙식을 해결하고 싶습니다. 출퇴근하는 시간이 너무 아깝고 해서요."

강철의 말에 송재균이 씩 웃었다. 손에 잔뜩 들고 온 쇼핑백들을 보고 이미 짐작하고 있던 모양이었다.

"물론 가능합니다. 오히려 저희가 부탁드리고 싶은 부분이었습니다."

안 된다고 하면 드러누울 생각이었다.

휘유!

강철이 나직하게 한숨을 내쉰 뒤에 물었다.

"하실 말씀 있다고 하셨죠?"

"계약 관련하여 제안드릴 게 있습니다."

젠장! 어제 너무 죽였나?

강철의 생각에도 40명은 확실히 많긴 했다.

"기존에 협의한 게 본봉 없이 인센티브로 1킬 포인트에 오만 원 맞으시죠?"

"예."

깎기만 해 봐라.

"기존 계약을 바탕으로 계약서 쓰시는 방법도 있습니다만, 제가 제안드리고 싶은 건 또 다른 방식입니다."

강철은 의심스런 눈으로 송재균을 바라봤다. 회사 입장에서야 더 좋은 조건을 제시할 이유가 없기 때문이었다.

"다른 조건은 간단합니다. 리스크를 더하고, 기댓값을 늘리는 겁니다."

지금도 본봉 없이 인센티브만 있는데?

"여기서 더요?"

"두 배 드리겠습니다."

그래. 그건 그럴 수 있다.

근데 뭘 뺏어 가려고?

"캐릭터가 죽으면 기존에 쌓았던 킬 포인트가 초기화되는 겁니다."

"그럼 죽지 말란 소리예요?"

"정산은 매달 말일에 있을 예정입니다."

29일 동안 유저들 겁나 썰고 다녔는데, 30일째 되는 날에 죽으면 그거 다 날아간다는 소리잖아?

미쳤냐? 그걸 하게?

"막상 돈 주려니까 아쉬워서 그런 거예요?"

"강철 씨에게 드리는 돈이라고 해도 제 지갑에서 나가는 거 아닙니다. 제가 나서서 줄일 이유는 없습니다."

"근데요?"

"더 큰 인센티브를 걸어 두고 싶은 겁니다. 그래야 강철 씨가 더 열심히 할 테니까요."

송재균은 잠시간 강철을 바라보다 말을 이었다.

"기존의 계약대로라면 강철 씨가 저렙 유저들만 사냥하고 다닌다고 해도 충분한 돈을 벌어 가실 수 있습니다."

안 그래도 그럴 생각이었다. 쪼렙들 잡아도 충분히 주는데, 귀찮게 렙업할 필요가 없는 거다.

"그건 저희가 원하는 마왕의 모습이 아닙니다."

"그래서 저에게 더 큰 인센티브를 주며 꼬시는 거예요? 강해지라고?"

"맞습니다. 죽으면 그간 쌓아 둔 포인트를 다 뺏긴다고 생각해 보십시오. 강철 씨는 강해지기 위해 온갖 노력을 다 하겠지요."

그거야 그렇다. 죽어서 킬 포인트가 초기화된다면 절대 죽지 않을 정도로 강해지려 할 거다.

"그게 진짜 마왕입니다."

"근데 죽어서 초기화되는 것치고, 두 배면 너무 작은 거 아니에요?"

"얼마쯤 원하십니까?"

"최소 세 배는 주셔야죠."

"그럼 그렇게 하시죠."

"네… 배……."

"좋습니다."

뭐야? 저 자신만만한 태도는.

"그렇게 따지면 네임드 유저 잡으면 좀 더 주셔야 되는 거 아니에요?"

"S급 유저는 명당 1억, AA급이 5천, A급 유저가 천만 원 꼴이 좋겠군요. 자세한 분류표는 게임 시스템 내에서 확인할 수 있도록 해 드리겠습니다."

송재균은 미리 계산해 둔 사람처럼 줄줄이 쏟아 냈다.

뭐야? 어제 2백 찍었다고 좋아할 게 아니었잖아?

이건 뭐, 팔자 고칠 수준까지 벌 수도 있단 말인데.

강철은 저도 모르게 엉덩이가 들썩거렸다.

"또 있습니다."

"여기서 또요?"

"에픽 퀘스트를 진행하시면 보너스 비용을 드리겠습니다."

"상전 모시세요? 이 정도면 거의 호구 잡힌 건데."

"강철 씨가 퀘스트 진행을 안 하시면 게임상의 스토리가 진행이 안 되니까요."

"얼마나 줄 건데요?"

"각 퀘스트 보상란에 자세히 적혀 있을 겁니다. 아이템 보상 외에 현금으로 지급될 액수를 적어 드리지요."

그니까 그게 얼마냐고.

강철의 표정을 읽었을까?

"최소 천만 원 단위일 겁니다."

정리해 보자.

유저 하나당 20만 원이다.

네임드 유저 잡으면 S급에 1억, AA급에 5천, A급에 천이다.

퀘스트 깨면 그것도 최소 천이다.

"근데 그 모든 게 한 번 죽으면 다 날아간다, 이거죠?"

"말일까지만 어떻게든 버티십시오."

"그러다 제가 수천 명씩 썰고 다니면 어쩌려고 그러세요?"

"박수 쳐 드리겠습니다."

"저, 딴 건 몰라도 게임만큼은 진짜 미친놈처럼 하는 인간인데요?"

"마왕 업데이트가 완료되면 한 달 매출 2조를 돌파할 겁니다."

"딴말하기 없습니다."

"계약입니다. 다른 말 할 수가 없지요."

후우!

강철은 깊게 숨을 내쉬고는 아랫배에 힘을 빡 줬다. 그러고는 테이블을 탁! 치며 소리쳤다.

"계약서 씁시다. 죽으면 땡인 걸로다가!"

엄나 화려한 마왕성 안이지만, 강철은 아무것도 눈에 들어오지 않았다.

"돈! 돈! 돈!"

강철이 목청껏 소리치자 밖에 대기하던 케인이 뛰어 들어왔다.

"부르셨습니까?"

"너 말고."

돈!

"죄송합니다."

뛸 때마다 배가 출렁거리는 놈이, 육중한 몸을 이끌고 다시 뛰어가는 게 아닌가.

"케인!"

"부르셨습니까?"

"그래, 너."
"예… 예."
다시 부른 거다. 반항할 수도 있었지만 케인의 얼굴에 불만 따윈 찾을 수 없었다.

하기야 널따란 날개에 커다란 뿔 보면 목구멍까지 찬 불만이 저절로 사라질 게다.

그러거나 말거나, 강철은 세상 진지한 표정이었다.

'무진장 받을 수 있는 대신 죽으면 돈 날아가는 계약이다. 진짜 개처럼 벌어야 하는 거지.'

강철은 결심을 굳힌 듯 고개를 끄덕였다.
"이계로 간다."
"포탈을 열어 드릴까요?"

이계로 가기 전에 템을 바꿔야 한다. 지금 끼고 있는 건 죄 마계 전용 템이다.

"무기고에 이계에서 낄 수 있는 장비들 있어?"
순간 케인은 멍한 표정을 지었다.
"차, 찾아봐야 알 것 같습니다."
"후딱 다녀와."
"아, 예."
"아니다. 내가 직접 찾아보는 게 낫겠다."
혹시나 무기고에 쓸 만한 게 있을 수도 있으니까.
"뭐해? 앞장서지 않고?"

"예… 옙!"
케인이 후다닥 앞으로 튀어 나갔다.

족히 10분은 걸었을 거다.
언제까지 걸어야 되는 거야?
바로 앞일 줄 알고 걸었는데, 이럴 줄 알았으면 날아갈 걸 그랬다.
어쨌거나 이왕 걸어온 길이다.
"여긴 왜 빛이 안 들어와?"
강철이 불만을 토해 낼 무렵이었다.
번쩍-!
빛이었다. 한 쌍의 빛이 바닥에 쏘아졌다.
"뭐지?"
고개를 들어 보자 커다란 석상이 강철을 내려다보고 있었다. 입을 쩍 벌리고 있는 놈인데, 날카로운 이빨을 세세히 묘사한 것이 기괴하기 짝이 없었다.
놈은 당장이라도 이쪽으로 날아들 것만 같았다.
생긴 건 네가 마왕이다, 짜샤.
그놈 뒤로도 저마다 다른 모양의 석상이 죽 늘어져 있었다.
걸음을 내디딜 때마다 차례대로 석상의 눈에서 빛이 뿜어져 나왔다.

빛을 길 삼아 걷다 보니 높다란 철문이 모습을 드러냈다. 무기고가 분명해 보였다.

"잠시만 기다려 주십시오."

케인은 얼른 철문으로 다가갔다. 그러곤 철문 옆에 난 커다란 구멍에 머리를 집어넣었다.

뒤에서 보면 단두대 앞에 선 사형수의 뒷모습을 보는 거 같아 기분이 이상했다.

'디테일하게도 만들어 놨다.'

케인은 구멍에서 머리를 빼낸 뒤, '다 됐습니다!' 자신 있게 소리쳤다.

철컹!

거대한 철문이 열리고, 무기고가 그 모습을 드러내는 순간이었다.

※

"어마어마하구만!"

무기고는 콜로세움을 방불케 했다.

1층은 무기, 2층은 방어구, 3층은 장신구, 4층은 보석이 완벽하게 구비되어 있었다.

"이게 다 내 거라고?"

"예. 하나도 빠짐없이 마왕님 소유입니다."

강철은 태생이 겜덕이었다.

이런 데 툭 떨어트려 놓으니 완전 눈이 다 돌아갈 지경이었다.

일단 최하가 유니크 등급이었고, 그마저도 세트 효과가 없는 건 폐지처럼 아래 칸에 잔뜩 쌓아 둔 채였다.

못해도 몇십만 원 하는 아이템들이 발에 차인다는 이유로 홀대받는 거다.

거래만 가능했다면 다 내다 팔아 버리는 건데.

큼지막하게 적혀 있는 거래 불가 옵션을 보며 강철은 쩝! 입맛을 다셔야 했다.

몇몇 유니크 아이템을 제외하면 대다수가 최상위 등급의 에픽 아이템이었다.

에픽급이면 옵션에 따라 최소 몇백, 비싼 건 몇천 단위도 할 거다.

"물론 이것도 거래 불가."

개중엔 에픽에 강화까지 된 아이템이 있었는데, 그런 것들은 악마 모양의 석상에 따로 착용을 시켜 두었다.

왜 있잖은가, 자신 있는 옷을 마네킹에 입혀 두는 것처럼 말이다.

당연히 그런 장비들부터 눈이 갔다.

전시된 장비들은 최소가 13강이었다.

에픽에 13강이면 억 단위다.

로브를 뒤집어쓴 악마가 들고 있는 스태프는 심지어 에픽에 16강이었다.
"내가 들고 있는 것보다 더 좋잖아?"
가만있어도 아우라가 뿜어져 나오는 폼이 가히 압도적이었다.
이건 백 퍼 몇십억 할 거다.
강철은 한동안 넋을 놓고 바라봤다.
그러다 잠시 뒤,
"아, 내가 이럴 때가 아니지."
놀러 온 거 아니다. 견학 온 건 더더욱 아니다.
아무리 좋은 템이면 뭐하나. 이계에서 쓸 수가 없는데.
지금 당장은 똥템이라도 좋으니, 일단 이계에서 쓸 수 있는 템을 찾아야 했다.
"마왕님, 죄송한 말씀입니다만……."
"왜?"
"없습니다."
넋 놓고 장비만 보고 있던 강철이 무슨 말인지 도통 모르겠다는 듯 케인을 바라봤다.
"마왕님이 이계에 나가실 이유가 딱히 없으시다 보니, 그런 종류의 템은 구비되어 있지 않은 거 같습니다."
"뭐? 이렇게 장비가 많은데?"
강철은 믿을 수 없다는 듯 무기고를 뒤지기 시작했다.

이 정도 규모면 실수로라도 하나쯤 넣어 뒀을 수 있다는 생각 때문이었다.

그렇게 몇 시간을 뒤졌을까.

"정말 없을 줄이야."

강철은 탄식을 토해 냈다. 몹시 허탈한 얼굴로 케인을 보았으나, 놈은 고개를 저을 뿐이었다.

"죄송합니다. 저도 찾아봤는데, 역시나……."

케인이 죄송할 건 없다.

송재균 그 인간이 마계 전용 템만 그득그득 채워 놨을 게 분명했기 때문이다.

"그럼 맨몸으로 가야 되는 거지? 템도 없이?"

"차라리 여기서 렙업 좀 하고 가시는 게 어떠시겠습니까?"

그럼 돈은 어떻게 벌고?

강철은 턱밑까지 차오른 말을 꿀꺽 삼켜야 했다.

명색이 마왕이다. 수하 앞에서 돈돈 할 수는 없는 노릇인 거다.

"그냥 템 없이 기본 능력치로 어떻게든 버텨 봐야 되나?"

답답한 마음에 혼잣말을 한 거였는데, 케인이 반응했다.

"마왕님을 발견하면 수십 놈씩 달려들 겁니다. 기본 능력치로 버티시는 건 아무리 마왕님이라도 불가능하실 겁니다."

이건 진짜 노가다잖아! • 63

젠장! 그럼 업데이트될 때까지 손가락이나 빨고 있으라고?

미친 개발자 놈들!

무기고에 이 정도 공들일 거면 쩌리급 무기고도 한쪽에 따로 만들어 둘 수 있잖냐! 이것들아!

강철의 낯빛이 어두워지자 케인이 조심스레 입을 열었다.

"아무래도 노가다를 좀 하시는 게 좋을 거 같습니다."

너무나 익숙한 그 이름, 노가다…….

"지금 당장 템 없이 가시는 건 자살행위입니다. 일단 급한 대로 노가다라도 하셔서 능력치를 좀 올려 두신 뒤에……."

"그 수밖에 없나?"

"죄송합니다."

"젠장! 마왕이 노가다라니!"

유저 써는 노가다도 아니고, 렙 올리는 진짜 노가다!

해도 돈 한 푼 안 나오는 거!

강철의 얼굴이 일그러졌다.

✈

"유저 놈들 안 잡고도 레벨 올리는 방법이 있다고?"

"예. 마왕님에게만 특별히 허락된 권능이 있습니다."

케인은 그렇게 말하고는 '제가 해 봐서 아는데' 어느 정치인이 자주 했던 말을 덧붙였다.

"해 봤다고? 마왕의 권능이라며?"

"그게 아니고……. 말실수입니다."

놈은 당황한 얼굴로 말을 얼버무렸다.

뭐야? 싱겁게.

"그래, 뭘 해야 하는데?"

"노가다를 하시면 됩니다."

"그러니까 뭔 노가다를 하면 되냐고."

"저희 마계에는 노가다 하면 딱 하나뿐인데……."

"그니까, 그게 뭐냐고!"

"노가다…….."

☞

케인이 왜 그렇게밖에 말할 수 없었는지 이제야 알겠다.

강철은 손에 쥔 곡괭이를 보며 그렇게 생각했다.

아이템 끼면 진짜 노가다 아니라고 해서 15강 템 다 벗고 오는 길이다.

근데 곡괭이 하나 주고 땅을 파라고? 템도 없이? 맨몸으로?

미친놈들아, 이건 진짜 노가다잖아!

정말 아무것도 없나? 목장갑이라도?

"마왕이 할 법한 짓을 좀 시켜라, 이것들아!"

염병! 소리 지른다고 누가 듣는 것도 아니어서, 강철은 억지로 곡괭이를 집어 들었다.

깡-! 깡-!

곡괭이를 휘두를 때마다 어두운 동굴 안에 빛이 터져 나왔다.

게임에 노가다를 만들라니까, 이따위 진짜 노가다를 만들어 두다니.

그래 놓고 명분은 뭐? 땅굴을 파다 보면 정돈된 마기가 체내에 축적될 거라고?

"킁!"

코를 풀자 새까만 것들이 콧물에 잔뜩 묻어 나왔다. 마기는 모르겠고, 가래는 오지게 쌓일 것만 같았다.

"무장공비도 아니고, 무슨 땅굴을 파고 자빠졌냐! 젠장!"

그렇게 얼마간 곡괭이질을 했을까.

"더는 못하겠다."

너무 아파서 손이 다 짓물러 있었다. 게임인데 현실인 것처럼 손바닥이 끊어지는 거 같았다.

어깨는 또 왜 그렇게 아픈지.

반나절 넘게 휘둘렀더니, 곡괭이 한 번 휘두를 때마다 한쪽 날이 어깨에 박히는 기분이 들었다.

"하아!"

강철이 길게 숨을 내쉴 때였다.
[레벨이 올랐습니다.]
그나마 위안이 되는 건 저 문구 하나였다.
"진짜 오르긴 하는구나."
근데 마왕이랑 곡괭이질이랑 대체 무슨 연관이 있다고, 이 짓거릴 하는데 레벨을 올려 주는 거야?

강철은 뒤를 돌아봤다. 반나절 쉬지 않고 곡괭이질을 해서 얼마나 왔나 보기 위함이었다.
1미터쯤 될까?
고작 한 발짝 걷기 위해 어깨가 끊어질 때까지 곡괭이질을 한 거다.
"안 해! 못해!"
이거 말고도 다른 방법이 분명 있을 거다.
그래. 다른 방법이 분명 있다.
얼른 케인한테 가서 물어봐야지!
강철은 곡괭이를 집어 던졌다.

☞

깡-! 깡-!
손바닥 다 찢어졌고, 어깨는 인대가 다 끊어진 것 같은데, 그냥 기계처럼 휘두르는 거다.

아까 분명 못 참고 케인에게 가서 다른 방법을 물어보려 했는데, 마왕이란 자리가 사람을 참 답답하게 만들었다.
'명색이 마왕님이 1미터 파고 포기하신 겁니까?'
그 말을 듣게 되는 것이 죽기보다 싫었다.
'땅굴 잘 판다고 마왕이냐?'
반격할 말을 미리 생각해 두기도 했지만 역시나 곡괭이질 하는 편이 백번 나았다.
쪽팔린 건 사절이다.
그래서 이 악물고 휘둘렀다. 조금만 더, 조금만 더 하다가 여기까지 와 버렸다.
"젠장! 하다 보니까 나름 적응되는 거 같기도 하고……."
염병.
"이딴 거에 적응하는 내가 싫다."
강철은 다시 곡괭이를 그러쥐었다.

⚐

기약 없는 곡괭이질이 계속될수록 강철의 정신은 혼미해졌다.
"염병! 노가다 하다가 쓰러지면 산재 처리는 되겠지?"
강철은 후우! 후우! 깊게 숨을 내쉬었다.
쉬엄쉬엄하면 괜찮을 거, 성격상 또 그게 안 되니까 숨이 차오를 때까지 몰아붙이는 거다.

"헉… 헉……."

힘들지만 참자.

나야 게임 속에서 노가다 뛰지만, 실제론 더운 날씨에 진짜 공사판에서 일하고 있는 사람들도 있다.

'감사한 마음으로 하자.'라고 수천 번도 더 다짐했지만!

"그런 걸로는 감사한 마음이 안 생긴단 말이다!"

몰라! 썅!

"으아아아!"

강철은 아무도 없는 땅굴에서 소리만 박박 질렀다.

꺙-! 꺙-!

한두 시간씩 자던 쪽잠, 그마저도 잊은 지 오래였다.

강철의 눈은 퀭했지만, 그 안에 든 독기는 좀처럼 사라지지 않았다.

"렙업할 방법 싹 막아 두고 곡괭이 하나 던져 줄 거면! 미리 그렇다고 얘기라도 해 줬어야지! 잡것들아!"

시원한 맥주랑 수박이라도 준비해 주든가…….

다 필요 없고… 근육 풀어 주는 파스라도, 아니 목장갑만이라도, 쫌!

깡-!

"노가다 얘긴 쏙 빼놓고……."

깡-! 깡-!

"달콤한 얘기만 죽 늘어놓은 거면!"

깡-! 깡-! 깡-!

"사람 속이려고 작정한 것밖에 더 돼?"

콰직!

곡괭이가 부러져 버렸다.

"우라질!"

그까짓 거 부러져도 여분이야 얼마든지 있다.

맥주도, 수박도, 파스도, 목장갑도 없는데, 곡괭이만 여유분을 쌓아 둔 거다.

"그래. 네들이 원하는 게 노가다라 이거지? 곡괭이 수백 개 부러질 때까지 이 짓만 하라 이거지?"

강철이 이를 부득! 갈았다.

"해 준다! 그래! 네들이 징글징글해할 때까지 해 준다."

새 곡괭이를 가지러 가는 강철은 한참을 걸어야 했다.

몇 미터를 팠는지 더는 알 수 없었고, 레벨은 30이었다.

♤

캡슐을 빠져나온 강철의 몰골은 말이 아니었다.

볼은 쏙 들어가고 눈은 퀭한 것이, 아오지 탄광에서 방금 나온 사람과 다를 바 없었다.

강철은 허공에다 양손을 두어 번 휘두르다,

"아, 여긴 바깥이지."

다시 손을 거두었다.

"젠장! 이젠 별게 다 헷갈리는군."

소변이 너무 급해서 나온 거다.

일만 보고 다시 들어갈 건데, 똑똑! 노크 소리가 들렸다. 문 쪽으로 돌아보자 익숙한 실루엣이 보였다.

잠시 뒤 문이 열렸고, 송재균이 안으로 들어왔다.

"곡괭이가 부족해 보여서 새 걸로 들고 왔습니다."

송재균 딴에는 농담이라고 한 거 같은데, 조금의 웃음도 나오지 않았다.

"열흘째입니다, 강철 씨."

벌써 열흘이 흘렀나?

화장실 갈 때만 가끔 튀어나온 강철이었다. 강철의 퀭한 눈은 초점을 온전히 잡지 못했다.

"너무 노가다만 하시기에 걱정돼서 찾아왔습니다."

등장하자마자 40놈 썰어, 200만 원은 확보해 두었다.

첫 달 월급으로 그 정도면 나쁘지 않다. 일단 그거나 잘 지키고, 당분간 노가다만 하는 거다.

"제가 좀 바빠서요."

강철은 저벅저벅 걸음을 옮겼다.

☞

 개발1팀장 김백준은 송재균의 방으로 향했다.
 대규모 업데이트가 얼마 남지 않은 상황이라, 하루에도 몇 번씩 총괄 개발자와 회의를 해야 했다.
 김백준은 노크를 생략하곤 문을 열었다. 호출을 받고 갈 땐 꼭 그렇게 해 달란 송재균의 당부 때문이었다.
"김백준입니다."
"앉으시죠."
 송재균이 테이블 앞에 있는 의자를 가리켰다.
 김백준은 테이블 앞에, 송재균은 자기 책상에 앉아 서로를 마주 봤다.
"강철 씨는 노가다를 계속 이어 갈 생각인 거 같습니다."
"예? 그 짓, 아니 그걸 계속한다는 말씀이십니까?"
 송재균이 '그렇습니다.' 하고 고개를 끄덕이자, '하하…….' 김백준은 어이가 없다는 양 헛웃음을 토해 냈다.
"웃을 일이 아닙니다."
"죄송합니다."
 송재균의 반응에 김백준은 입을 꾹 다물었다.
"곡괭이질에 가속도가 붙고 있어요. 이대로라면 곧 만납니다."

"강철 씨의 방향을 바꿔 놓을 수는 없으니, 반대쪽을 좀 틀어 두면 안 될까요?"

"함부로 손댔다가 예상치 못한 오류가 발생할지 모릅니다. 모든 변수를 예상하여 조치하실 수 있다면 그리하셔도 됩니다."

"끄응……."

김백준 팀장은 고개를 떨어트렸다.

"강철 씨가 도중에 포기할 수도 있지 않겠습니까?"

"그럴 것 같지는 않더군요."

"어휴! 그걸 왜 마계 밑바닥에 만들어 놔서는."

"그걸 끝까지 파고 들어갈 수 있는 사람이 있다고 생각하는 게 무리지요."

"하기야, 그건 그렇습니다만……."

김백준은 답답한 마음에 두 손으로 머리를 벅벅 긁었다.

"그럼 어쩌죠? 도저히 방법이 없는데?"

송재균은 대답 대신 '후우!' 깊은 한숨을 내쉬었다.

[레벨이 올랐습니다.]

벌써 40레벨이다. 뭔 놈의 마왕이 곡괭이질만으로 40레벨이나 된 거다.

이젠 포크보다 곡괭이가 편할 지경이다.

마력도 많이 올랐다. 레벨에 비해 정말 높아졌다.

강철이 곡괭이질을 이어 갈 때였다.

텅-!

"으응?"

강철은 고개를 갸웃했다.

"이건 소리가 뭐 이래?"

깡! 해야 곡괭이지, 텅! 하면 그건 뭔가 이상한 거다.

몇 킬로미터 파 보니까 그 정돈 알겠다.

"그래. 내가 휘두르면 네가 부서져야지 별수 있어?"

이 짓거리 계속하면 느는 건 악뿐이다.

너 잘 걸렸다.

강철이 손에 침을 퉤퉤 뱉고는 곡괭이를 그러쥘 때였다.

"마왕님!"

"응?"

강철이 뒤를 돌아봤다. 저 멀리서 들려온 소리였다.

돌아본다고 당장 소리의 주인공을 마주할 순 없었다.

"마왕님! 마왕님 어디 계세요?"

길 따라 들어오면 끝에 있겠지.

그렇게 1분쯤 지났을까? 배불뚝이 케인이 헉헉거리며 모습을 드러냈다.

"기… 깊게도 파셨네요……. 허억… 허억! 이 정도면 거의 체질이신가……."
"놀리냐?"
"아닙니다. 하아… 정말 놀라서 그런 겁니다……."
놈은 여전히 숨을 몰아쉬었다.
"뭔 일이야?"
한동안 몸을 들썩이던 케인은 이제야 진정이 된 듯 좀 더 차분하게 입을 열었다.
"마왕님, 소포가 하나 왔는데요."
왜? 착불이야? 뭐 급한 일이라고 여기까지 왔어?
"어지간하면 말씀을 안 드리려고 했는데, 발신인 이름이 좀 남달라서……."
"뭔데?"
"마룡 '스피츠'라고요."
스피츠면 개 아니냐? 털 복슬복슬한.
"그게 누군데?"
"드래곤이요."
드래곤이 할 짓이 없어서 소포를 보내고 앉았어?
"뭐 들었디?"
"마왕님께 온 거라 아직 안 열어 봤습니다."
"줘 봐."
"두, 두고 왔는데."

"어휴!"

"죄송합니다."

강철은 관심 없다는 듯 다시 곡괭이를 말아 쥐었다. 그러곤 고민 없이,

휘윽! 텅-!

아까와 같은 소리가 터져 나왔다.

강철은 얼른 뒤를 돌아봤다.

"들었지?"

"예?"

"방금 소리."

"아, 예."

"네가 듣기에도 이상하지?"

케인은 강철이 무슨 말을 하는지도 잘 몰랐다.

하기야 며칠 동안 곡괭이질만 한 강철이나 알아들을 미묘한 차이였다.

"잘 모르겠습니다만……."

"내가 듣기론 이상해."

강철은 잠시간 케인을 바라보다, 그만 가 보라는 듯 다시 휘이휘이 손을 저었다.

휘윽! 텅-!

그러고는,

쩌저저적-!

벽이 갈라지는 소리가 들렸다.

단순히 때려서 부서지는 게 아니라 천장까지 뒤틀리는 소리였다.

강철은 놀라 뒤를 돌아봤다.

"마왕님, 소포 열어 보러 가시는 게 어떨는지……."

"아무래도 그 편이 좋겠지?"

케인이 얼른 돌아섰고, 강철이 후다닥 그 뒤를 따랐다.

염병! 노가다도 좋지만 돌무더기에 깔리면서까지 해야 하는 건 아니다.

강철은 얼른 굴을 빠져나갔다.

"뭐야, 이건?"

강철의 앞에 놓인 것은 만화에서 보던 흔한 나무 상자였다.

뚜껑을 열어 보면 금화가 잔뜩 들어 있을 법한 그런 모양새였는데, 들어 보니 더럽게 가벼웠다.

"마룡이라고?"

"예. 마룡 스피츠, 흉포한 드래곤입니다."

흉포하다고 뭐 열었을 때 폭탄 터지고 그런 건 아니겠지? 유치하게?

"그놈이 나한테 이런 걸 보낼 이유가 있어?"

"위대하신 마왕님께 잘 보이기 위함이 아닐는지요?"

"드래곤이?"

"드래곤이라고 별거 있겠습니까? 마왕님이 몇 대 때리면 죽어야지요."

"알아서 기는 거다?"

"전 그렇게 봅니다."

"흉포한 놈이라면서?"

"아아, 그렇긴 한데……."

젠장! 앞에 두고 떠든다고 답 나오는 것도 아니고.

일단 열어 보자. 그럼 알겠지.

강철은 저도 모르게 손에 든 곡괭이를 번쩍 치켜들었다. 상자를 내리찍기 위함이었다.

"마, 마왕님!"

"아……."

습관 참 무섭다.

당분간 곡괭이 멀리하는 거 말곤 답 없겠다.

강철은 조용히 상자를 열어 보았다.

그러자,

펑-!

잿빛 연기와 함께 툭! 아이템이 하나 떨어졌다.

"뭐지?"

연기가 흩어진 그곳엔 기다란 스크롤이 하나 놓여 있었다.

드래곤이라면 마법을 만든 종족이 아니던가.

그래. 끝내주는 마법 스크롤 같은 거 만드는 것은 일도 아닌 놈들이다.

"느낌 좋고!"

강철은 얼른 손을 내밀어 스크롤을 열어 보았다. 고급 가죽을 덧대 놔서 손에 착착 감겼다.

얼마나 귀한 거면 이렇게 소중히 만들어 보냈을까?

"어디 보자!"

강철은 그것을 번쩍 들어 올렸다.

마침내 온전히 모습을 드러낸 스크롤!

〈마왕 보아라.〉

"으응?"

〈내가 이 편지를 보내는 이유는…….〉

뭐? 편지?

〈새로운 마왕이 부임하였단 소식을 듣고…….〉

마법 스크롤인가 싶었는데, 감성 돋게 편지를 보내고 자빠졌네!

"염병!"

강철은 짜증이 치밀어 올라서 확! 스크롤을 집어 던지려다,

"이젠 별놈이 다 난리네!"

용트림을 토해 내는 것으로 화를 갈음했다.

"마, 마왕님, 그래도 이왕 온 거니까 한번 읽어 보심이 어떠실는지."

"어휴!"

마룡… 그래, 네가 뭔 죄가 있겠냐. 곡괭이 하나 던져 둔 개발자 놈들이 또 장난질하는 거겠지.

드르르르!

강철이 별 기대 없이 스크롤을 열어젖힐 때였다.

띠링!

[퀘스트가 생성되었습니다.]

[마룡 스피츠의 부름]

"퀘스트? 뭔 퀘스트?"

그럼 이거 퀘스트 스크롤이었어?

강철은 내용보다 얼른 보상부터 확인했다.

퀘스트 보상:

스피츠의 보주(寶珠)

마룡 스피츠의 마력이 깃든 구슬입니다.

등급:레전드리

옵션:마력 +300

이계에서 사용 가능합니다.

응?

"뭐, 뭐라고? 이계에서 사용 가능하다고?"

그토록 바라 마지않던 이계 사용 가능 옵션!

무엇보다,

"레전드리? 뭐야? 저 등급은?"

강철은 휘둥그레진 눈으로 등급을 바라보았다.

제3장

폼이 개판이야

렙업하는 마왕님

"레전드리 등급은 또 뭐야?"

혹시 이계 전용 템이 있을까 싶어 무기고를 샅샅이 뒤진 기억이 있다.

좋은 건 깡그리 모아 둔 무기고에도 에픽 등급이 최고였다. 레전드리는 아무리 봐도 처음이었다.

강철의 얼굴에 의문 부호가 떠오르자 케인이 얼른 나섰다.

"카이안에는 그런 게 없으셨죠? 레전드리 아이템 같은 거."

"응?"

네가 카이안을 어떻게 알아?

폼이 개판이야 • 85

강철의 표정을 읽었는지,

"제가 뭐라고 했나요?"

케인이 한 발짝 뒤로 물러났다.

저놈, 며칠 전부터 뭔가 자꾸 수상쩍다.

뭐지?

지금 그게 중요한 건 아니니까 일단 넘어가자.

"설명해 봐."

강철의 말에 케인은 고개를 갸웃하다 이내 입을 열었다.

"레전드리 아이템에 대해 말씀드리겠습니다. 레전드리 등급은 사냥을 통해 얻을 수 있는 아이템이 아닙니다."

"그럼?"

"레전드리 NPC에게만 주어진 권능으로, 레전드리 퀘스트를 통해서만 얻을 수 있습니다."

이 정도 되면 레전드리 NPC는 몇 놈쯤 있는지, 또 이 정도 아이템은 유저들 중 몇 놈쯤 가지고 있는지 설명이 따라야 한다.

과연,

"레전드리 NPC는 총 넷으로 알려져 있습니다. 마룡 스피츠, 명왕 네메시스, 광룡 레비아탄, 암제 알다라가 그들입니다."

별로 길지도 않은 말인데, 케인은 벌써 헉헉거렸다.

"그중 광룡 레비아탄이 레전드리 아이템을 하사한 걸로

알려져 있습니다. 마법사 랭킹 1위가 수여받았을 겁니다."

4개밖에 없는 건데, 마법사 놈이 벌써 하나 가져갔다고?

"그거 못 빼앗냐?"

사람 마음 그렇게 쓰면 안 되는 건 아는데, 한정판 같은 거라니까 일단 뺏을 수 있는지부터 궁금한 거다.

"거래는 불가합니다만……."

거래할 마음은 없다고. 뺏을 수 있냐고.

"어떤 아이템이고 약탈은 가능합니다. 그게 마왕의 권능 아니겠습니까?"

"그래?"

변한 건 아무것도 없는데, 왜 벌써 배가 부른 거 같지?

"흐흐흐!"

강철은 저도 모르게 웃음이 새어 나왔다.

"그럼 나머지 셋 중 하나가 나한테 왔다, 이거지?"

"아직 온 건 아니지만……."

"어쨌거나 나한테 주겠다, 이거잖아?"

이것저것 드래곤 레어에 쌓아 두기 바쁜 용 놈이 뭔 일이래? 그것도 흉포하기로 소문난 놈이라면서?

고개가 갸웃해지는 상황이었지만 케인이 줄 수 있는 답은 뻔했다.

"아무래도 마왕님이시니, 드래곤쯤 알아서 기는 게 맞지 않겠습니까?"

알아서 길 거였으면 퀘스트 필요 없이 직접 보주를 보냈어야 맞다.

결국 기는 건 아니란 뜻이다.

그럼 왜?

'근데 그게 뭐가 중요해?'

강철에겐 레전드리급 아이템을 손에 쥘 기회가 왔다는 사실만이 중요했다.

"그런데 마왕님······."

"응?"

"편지 마저 안 읽어 보십니까?"

맞다. 편지 읽고 있었지.

강철은 다시 스크롤을 펼쳤다.

꽃

"감자튀김 라지를 시켰는데 케첩을 하나만 넣어 주면 어쩌자는 거야?"

개발1팀 이준환은 불만 섞인 소리를 토해 냈다.

비상이 걸린 탓에 점심시간에 쉬지도 못하고 햄버거로 때우던 참이다. 근데 라지 세트를 포장해 달랬더니, 케첩을 달랑 하나만 넣어 준 거다.

"에이! 케첩 하나 더 받자고 1층까지 내려갈 수도 없고."

그가 신경질적으로 휴대폰을 꺼내 인터넷 기사를 확인할 때였다.

이준환의 모니터로 경고창이 하나 떠올랐다.

삐-! 삐-!

내부 사운드를 음소거로 해 뒀지만, 경고창이 떠오를 땐 이처럼 커다란 경고음이 터져 나오곤 했다.

"또 뭐야?"

이준환은 NPC 담당이었다.

저마다 인공지능을 지닌 NPC들이기에, 이상이 생긴다고 마음대로 조치를 취할 수는 없었다. 그랬다간 생각지 못한 버그가 발생할 수 있기 때문이었다.

덕분에 그가 할 수 있는 일은 크게 없었다. 이상 징후를 포착하고 게임 내적으로 해결할 수 있는지만 파악한 뒤에, 개발팀장에게 보고하는 것까지가 딱 그의 몫이었다.

그러나 곧 마우스를 바삐 움직이던 그의 표정이 구겨진 종잇장처럼 일그러졌다.

벌떡 일어선 그는 얼른 개발팀장 김백준에게 전화를 걸었다.

통화 연결음이 두 번쯤 울렸을까?

"팀장님 지금 계십니까?"

(방금 식사 마쳤네.)

"얼른 달려가겠습니다."

(무슨 일인데 그래?)
"마룡 스피츠가 제멋대로 움직이기 시작했습니다."
(뭐?)
"일단 가서 말씀드리겠습니다."
(송재균 개발자님 방으로 오게.)
"아, 예……."
이준환은 당장 송재균의 방으로 향했다.

똑똑.
간격이 없다시피 한 노크였다.
답이 들리기도 전에 문을 열었고, 이준환은 얼른 방으로 들어갔다.
방 안엔 송재균과 김백준이 탁자를 사이에 두고 마주하고 있었다.
이준환은 얼른 그리로 다가갔다.
"마룡 스피츠가 움직였습니다."
"어떻게요?"
김백준 대신 송재균이 먼저 물었다.
"레전드리 퀘스트를 줬습니다."
"그게 어쨌다는 거죠? 특이한 일이긴 하지만, 범주 안에 있는 일 아닙니까?"
"한데 그 대상이……."
"……?"
"마왕입니다."
"예?"

순간 송재균이 이해할 수 없다는 듯 고개를 모로 틀었다. 놀란 건 김백준도 마찬가지였다.

"마룡 스피츠가 마왕에게 퀘스트 줬다, 이 말인가요?"
"예, 맞습니다."
"레전드리 퀘스트를요?"
"예."
"허……."

마룡 스피츠는 인공지능이 탑재된 NPC다.

저 스스로 사고하고 움직이는 게 맞지만, 움직임에도 허용 범위란 게 있다.

어묵 좀 사 오라고 심부름을 시켰다면 동네 마트에서 사 오는 게 상식이다.

한데 '어묵은 부산이지!' 하고 제멋대로 KTX를 탄다면 그건 심부름 시킨 사람 입장에선 황당할 노릇인 거다.

유저들한테 주라고 만든 퀘스트를 마왕에게 가져다준 게 딱 그랬다.

"원인은 파악이 됐습니까?"

송재균의 말에 이준환은 머리를 긁적였다.

"마룡 스피츠 나름의 생각이 있는 거 같습니다. 하지만 그 생각이 어떤 것인지까진 파악되지 않았습니다."

"계획된 행동이라 이건가요?"

"그렇게 파악할 수밖에 없습니다. 스피츠는 언제고 개발진에 협조적이지 않았으니까요."

"후우!"

송재균은 깊은 한숨을 내쉬었다.

"자꾸 예상치 못한 일들이 일어나는군요."

"복덩이가 되어 달랬더니, 마왕이 자꾸만 폭탄이 되어 가는 기분입니다."

잠자코 듣고 있던 김백준이 끼어들었다. 그는 송재균을 바라보곤 다시 말을 이었다.

"그래도 스피츠의 퀘스트 덕분에 마왕이 그곳으로 이동하는 일만큼은 피할 수 있지 않겠습니까?"

송재균은 고개를 갸웃했다. 그러곤 답을 원한다는 듯 개발팀의 이준환을 바라봤다.

"그… 그게, 퀘스트 내용이……."

이준환은 난감하다는 양 깊은 한숨을 내쉬었다.

강철은 스크롤을 천천히 읽어 내려갔다.

퀘스트 내용은 간단했다.

딴말 말고 일단 오라는 거였다.

만나서 얘기하자는 건데…….

"어디서 용 새끼가 사람을 오라 가라야?"

"아, 원래 드래곤은 오라 가라 잘합니다."

레전드리 템을 준다고 오라는 거라서, 사실 그렇게 기분이 나쁜 건 아니었다.

문제는 놈이 있는 위치와 거기까지 가는 방법이었다.

"케인?"

"예, 마왕님."

"지금 이놈이 있는 곳… 내가 잘못 본 건 아니지?"

"제대로 보신 게 맞습니다."

"그럼…….""

"땅속입니다."

"거길 나보고 어떻게 오라고?"

"곡괭이질…….""

싸우자는 거지? 그 용 새끼가 싸우자고 나 부르는 거 맞지?

"가는 방법이 뭐 중요해? 그냥 가기만 하면 되지. 케인! 포탈 열어."

"마왕님, 죄송합니다만 드래곤 레어로는 포탈을 연결할

수가 없습니다."

"뭐?"

"마왕님 보시기에 허접해 보이실지 몰라도, 드래곤 걔들이 마법을 만든 애들이거든요. 포탈 못 치게 하는 거 걔들한텐 일도 아닙니다."

"그래서……."

"스크롤에 보면 꼭 곡괭이질로 와야 한다고 정확하게 명시가 되어 있기도 하구요."

과연…

퀘스트 완료 조건:

드래곤 레어 입성(단, 곡괭이질로 도달해야 한다!)

퀘스트 난이도:SSS

이 새끼들이 지금 장난하나?

"애, 송재균이지?"

"예?"

"그래. 이 새끼 송재균이 분명해. 그때 게임하냐고 물어봤을 때 음흉한 표정 짓는 거 보고 알아봤어야 되는데. 나는 마왕 시키고, 지는 드래곤 하고 있는 게 맞아. 그렇지?"

케인은 강철을 멀뚱멀뚱 바라보고만 있었다. 무슨 이야기인지 알면 그게 이상한 거다.

강철도 그걸 모르지 않았다.

"젠장!"

노가다를 그렇게 했는데, 또 노가다를 하라고?

"안 해! 못해! 레전드리고 지랄이고! 날 죽여라, 개잡놈들아아아아!"

♌

"어디라고?"

"이 아래쪽으로 쭉 파고 들어가시면 5킬로미터쯤 지났을 때 느낌이 오실 겁니다."

"케인?"

"예, 마왕님."

"5킬로미터를 너무 쉽게 말하네?"

"죄송합니다. 죽을죄를 지었습니다."

5킬로미터에 발끈하는 내가 싫다. 혹시 창고에 드릴 있냐고 묻고 싶은 나도 싫고.

그러게, 스피츠 도롱뇽 새끼! 말할 거면 빨리나 말하지!

왜 존내 팠는데, 이제 와서 다른 델 파라고 지랄이야!

"케인."

"예?"

"네가 4킬로미터만 파 놔라. 억울해서 안 되겠다."

"이게 퀘스트라, 그게 안 될 겁니다……."

염병! 되는 게 뭐냐?

"어쨌거나 퀘스트 깨고 싶으면 나보고 파라, 이거지?"

"예, 마왕님. 레전드리급 장비가 정말 대단한 거긴 합니다."

"에픽에 15강 템이 있는데도?"

"비교하기 힘든 부분이 있습니다."

말을 점잖게 해서 그렇지, 상대가 안 된다는 뜻이다.

"가는 길에 레벨도 많이 오르실 겁니다."

"그걸 위로라고 하는 거냐?"

"죄송합니다."

강철은 가기 싫어서 말장난을 하며 버티고 있단 걸 모르지 않았다. 그만큼 싫었다. 그 짓을 또 한다는 것이.

그래도 어쩌랴.

"안녕히 다녀오십시오."

강철은 대답 대신 곡괭이를 들었다.

깡-! 깡-!

송재균이 짠 판 안에서 논다는 생각을 할 땐 그렇게 화가 나고 열이 뻗쳤는데, 아이템을 먹으러 가기 위해 땅을 파야만 한다고 생각하니 나름의 위로가 됐다.

"목장갑 하나에 벌벌 떠는 놈들이다."

깡-!

"에픽 15강으로 모든 게 해결될 거 같았으면 애초에 주지도 않았을 거야."

일대일로 붙는다면야 15강 템이면 유저들 썰고도 남겠지만, 마왕은 1 대 다수의 싸움이 주일 거다.

레이드 대상이 돼야 하니, 그게 당연했다.

"그러니까 선심 쓰듯 15강 템으로 도배해 준 거지. 이걸로 다 안 되는 걸 아니까. 그럼 그렇지! 썩을 놈들!"

깡-! 깡-!

"스피츠가 준다는 보주, 그거 꼭 먹자. 그래서 레이드 온 놈들 한 방에 보내 버리는 거다."

강철은 다시금 이를 악물었다.

단숨에 50미터를 돌파할 때였다. 전과는 비교도 안 되는 속도였고, 레벨은 45였다.

※

"후우-! 후우-!"

아무리 빨리 휘둘러도 더는 숨이 차지 않았다.
일정한 호흡을 꾸준히 가져가니 작업도 안정되고, 속도도 부쩍 늘게 되었다.
깡-! 깡-!
그쯤 되었을 땐 강철이 곡괭이고, 곡괭이가 강철이었다.
"가자! 가는 거다!"
강철이 평정심을 유지하며 아래로, 아래로 뻗어 나가던 그때였다.
빠직!
"으응?"
익숙지 않은 소리였다. 땅이 파이는 게 아니라 뭐가 부서지는 소리였다.
"뭐지?"
궁금하면 파 보면 그만이다. 강철은 이제 말보다 곡괭이가 앞서는 경지에 올라 있었다.
깡! 쩌적!
돌 쪼개지는 소리가 들렸다. 그때처럼 천장 내려앉는 거 아닌가 싶어 피해야 하나 고민하는데, 쪼개진 틈으로 무언가가 쑥 올라왔다.
"누가 우리 집에 이따위 짓을 해 놨어?"
또박또박 들려온 음성.
쪼개진 틈으로 모습을 드러낸 건 자그마한 머리였다.

"뭐야? 멀쩡한 땅은 왜 파고 지랄이야?"

이건 또 뭐야?

신경질적인 소리의 주인공은 분명 인간이었다.

※

"뭐야? 왜 대답이 없어?"

물은 지 3초는 됐냐?

얜 또 왜 이렇게 성질이 급해?

두더지 게임처럼 고개만 쏙 내밀고 있던 놈은 이내 양손을 꺼냈다.

놀라운 건 조그만 얼굴에 비해 팔뚝이 기형적으로 발달해 있다는 거였다.

놈은 반드시 대답을 들어야겠다는 듯 이젠 몸까지 빼져나왔다.

"왜 말이 없냐니까?"

쾅-! 쾅-!

분에 못 이겨 주먹으로 바닥을 두드리자, 곡괭이 10개로 후려친 것처럼 구멍이 생겨났다.

"누군 땅 못 파서 이러는 줄 알아? 이거 봐! 나 땅굴 파고 사는 사람이야!"

이 새끼, 성질 정말 급하다.

유저였으면 때려잡고 20만 원 챙겼을 텐데, NPC가 분명했다.

유저면 스머프처럼 생겨서는, 팔뚝만 뽀빠이처럼 키우진 않았을 테니까.

팔뚝 보니까 보통은 아닌 거 같고…….

돈도 안 되는 놈이다. 괜히 시비 붙어서 죽기라도 하면 벌어 둔 돈 다 날리는 거다.

생각만 해도 끔찍하구만.

이럴 땐 그냥,

"팔려고 판 건 아닌데, 방향이 그리로 가 버렸네."

강철은 재빨리 고의가 아님을 밝혀 두었다. 그러나 상대는 그렇게 생각지 않는 모양이다.

"누가 보냈어?"

응?

"여기 땅속까지 그냥 올 일은 없고, 누가 보내서 온 걸 거 아냐?"

누가 보내야 억지로 올까 말까 한 데란 걸 현지인이 인증해 준 꼴이다.

"여기 사람이 살 줄은 몰랐지. 여튼 미안하게 됐수다. 나도 좋아서 온 거 아니니, 적당히 넘어가 주면 고맙고."

안 넘어가 주면 또 어쩔 거야?

염병! 이상한 소리 하면 확 받아 버려야지.

강철은 퉤퉤! 손에 침을 뱉고는 다시 곡괭이를 말아 쥐었다.
"어쨌든 미안하게 됐수. 옆으로 돌아갈 테니 화 푸쇼."
깡-! 깡-!
아래에 집이 있다니까 다른 길을 내려고 곡괭이질을 할 때였다.
"거기 우리 집이야."
"웅? 그럼 다른 데로."
아깐 왼쪽이었으니, 이번엔 오른쪽으로 틀었다.
"우리 집이라고."
"여기 일대가 다 너희 집이라도 되냐?"
"그래. 여기가 다 우리 집이라고."
거기까지 말한 놈은,
"그게 중요한 게 아니잖아!"
다시 주먹으로 땅을 쾅쾅 치며 난동을 부리는 거였다.
땅 파지 말라고 제집 무너진다고 염병을 떨던 놈이, 주먹으로 제집 천장 다 부수는 꼴이었다.
"누가 시켜서 왔냐고!"
말 안 하면 죽자고 덤빌 기세였다. 그래서 말할 수밖에 없었다.
망할 놈의 송재균이라고 말하고 싶었지만 알 리가 없고.
"스피츠."

"뭐라고?"
"마룡 스피츠랬지, 아마?"
"컥!"
놈은 그 커다란 손으로 주둥이를 틀어막았다.

♤

찰스는 일단 들어가서 얘기하자고 했다.
누가 보냈냐고 그렇게 급하게 굴던 놈이, 그 이름 하나에 성질 콱 죽이고 집으로 안내한 거다.
모르긴 몰라도 스피츠란 놈이 먹어 주긴 하나 보다.
놈이 고개를 쏙 내밀었던 구멍으로 내려가 보니 정말 보금자리가 나왔다.
동굴 같은 데 자면서 대충 집이라고 우기나 싶었는데, 그게 아니었다. 정말 잘 꾸며진 집이 심지어 끝도 없이 펼쳐져 있었다. 이 일대가 다 제집이라던 말이 거짓이 아니었다.
"땅속에 이런 걸 어떻게 만든 거야?"
강철이 놀라 혼잣말하듯 중얼거린 거였는데, 어떻게 들었는지 놈이 다가와선 그 두꺼운 팔뚝을 내밀었다.
"팔로 팠지!"
"이걸 다?"
"그럼."

놈은 두부 한 모 썬 것처럼 대수롭지 않게 말했다.

"곡괭이로 판 게 아니고, 손으로?"

"그렇다니까."

규모는 거의 마왕성 뺨치는데, 이걸 두더지처럼 손으로 파서 만든다는 게 가능할 수가…….

"난 거짓말 안 해."

놈은 NPC다. NPC가 유저에게 굳이 거짓 정보를 흘릴 일은 없겠다.

"그래서 레벨도 많이 올렸지."

NPC도 레벨이 있나?

"얼만데?"

"200 넘었지."

오늘 참 많이 놀란다.

"그게 가능해?"

"난 찰스다."

너무 당연해서 대답할 가치도 없다는 듯, 대뜸 묻지도 않은 이름을 말하는 거였다.

"나 참……."

강철의 레벨이라 봐야 47밖에 안 됐다.

진짜 독하게 올려 그 정도였다.

그러던 중, 안 그래도 슬금슬금 렙업이 더디게 느껴지던 차였다. 졸라게 파서 속도를 맞추고는 있다만, 들이는 노력에 비해 효율이 좋지 못한 게 사실이었다.

근데 이놈은 오로지 땅 파는 걸로 여기까지 온 거란다.

"이런 집 만들 정도로 파면 나도 200레벨 될 수 있는 거야?"

"단순히 파기만 해선 답 없지. 무딘 땅 백날 파 봐라. 속도는 나올지 몰라도 효과가 없다."

찰스는 대단한 전문가처럼 말했다.

하긴 전문가 맞다. 땅속에 이런 집을 두 팔로 만들었다면 전문가 인정이다.

"그럼 어떻게 해야 되는데?"

"어디를, 어떻게 팔지 정확하게 파악하는 게 우선이고. 땅 파서 얻은 보석들, 그걸 잘 활용하면 더 좋고."

"응?"

"아직 보석이 나올 정도까진 안 파 봤나? 아닌데. 여기까지 오는 길에도 보석은 있었을 텐데."

"보석이 있다고?"

"그럼 보석 때문에 땅 파지, 어떤 미친놈이 레벨 올린다고 땅 파겠어?"

젠장! 그 미친놈 여기 있거든?

강철은 그냥 보석 주우러 다녔던 척 입을 다물었다.

찰스는 '까짓것 보여 주지, 뭐!' 하고 앞장섰다.

강철은 이러한 호의가 모두 스피츠 때문임을 직감했다.

그러지 않고서야 사람이 어떻게 이 정도로 변하겠는가.

나무를 쌓아 만든 선반에는 각종 보석이 색깔별로 쌓여 있었다.

마왕성 무기고에도 보석은 참 많았다. 그러나 그때 봤던 보석과 찰스의 방에 있는 보석은 또 달랐다.

마왕성에 있는 것들이 잘 세공된 것들이라면, 여기는 돌덩이같이 투박해도 그 안에서 뿜어져 나오는 기운이 대단한 것들이었다.

하긴 옵션 보면 답 딱 나왔다.

큰 차이는 아니어도, 여기 있는 것들이 1씩이라도 능력치가 더 붙어 있었다.

대부분의 게임이 능력치 1 올리려고 수천만 원 쓰는 거 생각해 보면, 여기 있는 보석들의 가치가 어마어마하다고 보는 게 맞을 거였다.

"그럼 그렇지. 송재균 그 인간이 무기고에 존내 좋은 보석들 쫙 깔아 줄 리가 없지."

"뭐?"

찰스가 무슨 말이냐는 듯 물었지만, 강철은 딱히 설명을 하지 않았다.

찰스도 진짜 궁금한 건 따로 있다는 듯 고개를 갸웃하며 다가왔다.

"근데 마룡 스피츠 님을 어떻게 아는 거지?"

"퀘스트를 받았다."

"뭐? 스피츠 님에게 퀘스트를 받았다고?"

케인이 스피츠 그놈 꽤 대단하다고 했었다. 찰스의 반응이 그 말을 증명하는 듯했다.

"스피츠 님에게 어떤 퀘스트를……. 아, 내가 어찌 그걸 궁금해할 수 있나……. 나한테 말하지 않아도 좋아. 절대로 말하지 말게."

반말을 고집하던 찰스의 말이 이상하게 꼬일 정도였다.

"아, 자네 혹시 내 부탁 하나 들어줄 수 있겠나?"

"뭔 부탁?"

강철은 반말을 고집했다. 명색이 마왕인데, 아무한테나 말 높이고 그러고 싶진 않은 까닭이었다.

"스피츠 님이라면 이 세계의 절대자 아니신가?"

"금시초문인데."

"난 익히 알고 있네."

찰스는 명백히 선을 그었다.

그러거나 말거나.

"그래서 뭐?"

"스피츠 님에게 이 보석들을 좀 가져다드리게."

"응?"

찰스는 주먹만 한 보석 3개를 내밀었다.

"그러곤 내 이름을 좀 말씀드려 줘."

띠링!
[퀘스트가 발생하였습니다.]

[찰스의 부탁]

퀘스트 조건:스피츠에게 보석을 전달하라.

퀘스트 보상:

찰스의 보석 중 한 개를 선택하여 가질 수 있다.

퀘스트 난이도:B

아, 이런 거 좋다.

어차피 갈 거, 서브 퀘스트까지 끼워서 해결하면 개이득이다.

더군다나 보상이 찰스의 보석 중 하나란다.

스피츠한테 잘 보이기 위해 보석을 갖다 바치려는 모양인데, 그것들과 비슷한 급의 보석이 아직 두어 개 더 남은 걸 확인한 차였다.

'그럼 당연히 해야지!'

그러나 생각과 달리, 강철은 별 관심 없다는 표정을 지어 보였다.

"보상이 약해."

"으응? 보석을 하나 준다는데도?"
"스피츠가 있는 데가 여기서 좀 멀어? 저 큼지막한 보석 세 개나 들고 무거워서 어떻게 가라는 거야?"
사실 못 갈 것도 없다. 보상 더 달라고 튕기는 것뿐이었다.
과연 찰스는 마음이 급해졌는지,
"보석은 쓸데가 있어서 하나 이상은 더 줄 수가 없어. 그래서 스피츠 님께도 세 개밖에 못 가져가는 거란 말이야."
"어쩔 수 없지, 뭐. 나도 무거워서 갈 수가 없다고."
"그럼 이거 어떤가?"
찰스의 말에 강철은 무심한 척 돌아보았다.
"뭘?"
"내가 땅 파는 법을 가르쳐 주겠네."
"응?"
"자네 레벨이 47밖에 안 되는군? 나한테 이것만 배우면 200까지는 금방 가는 걸세."
"땅만 파서 그게 돼?"
"땅 파는 원리를 제대로 알면 가능하지."
뭔 놈의 게임이 땅만 파다 끝날 기세다.
[퀘스트를 수락하시겠습니까?]
아, 땅 파는 기술 때문에 하는 거 아니다. 덤으로 주는 보석 때문에 하는 거다.
강철은 조용히 고개를 끄덕였다.

그들은 앞마당에 나란히 서 있었다.

마당이라 봐야 별달리 꾸민 거 없이 뻥 뚫린 공간이 고작이었다. 하지만 여기가 땅속인 걸 감안하면 이 정도 공간을 만들어 둔 사실만으로 감탄, 또 감탄을 해야 마땅했다.

며칠간 곡괭이질만 한 강철은 특히 그랬다.

아는 만큼 보이는 법.

"놀랍다, 놀라워. 무슨 시멘트를 발라 둔 것처럼 바닥이 평평한 걸 보니, 평탄화 작업에 정말 오랜 시간을 투자한 게 분명해."

"허허! 별 시간 걸리지 않았네. 반나절쯤이었나?"

이게 다 돌인데, 그 돌을 깎아서 평평하게 만든다는 거 정말 쉽지 않은 일이다.

반나절은 그래서 말도 안 되는 시간이었다.

강철의 눈빛을 읽었을까?

"찰스의 채굴 교실에 온 것을 환영하네."

이 수업에 모든 비밀이 숨겨져 있다는 양, 찰스는 자신만만한 미소를 지어 보였다.

"아까도 말했다시피 아무 땅이나 막 파고 그러면 안 되네. 땅을 고르는 것, 그게 채굴의 기본이야."

수업은 바로 진행되었다.

곡괭이 좀 잡아 본 사람으로서, 아까 그 정도의 평탄화 스킬은 존경심이 우러나올 정도였다. 그래서인지 강철은 녀석의 말을 몹시 경청했다.

"제대로 된 땅엔 보석이 숨겨져 있네. 자네가 오는 길에 보석을 하나도 발견하지 못했다면 그건 문제가 있었던 게야."

보석은커녕 보석 부스러기도 본 적 없다. 찰스의 말대로라면 강철은 문제가 있는 길을 택한 게 된다.

"그러면 레벨도 안 오르네. 당연하지. 뻘짓을 하고 있는데 제대로 오를 리가 있겠나?"

공부는 열심히 했는데 시험 범위를 잘못 안 기분이었다.

"말만 하면 뭐하겠나? 어디 곡괭이를 쥐어 보게."

강철은 옆에 두었던 곡괭이를 말아 쥐었다.

"여기, 여길 때려 보게."

찰스가 발 앞을 가리켰다. 그러자 강철이 얼른 그곳을 내리쩍었다.

까앙-!

불꽃이 튀었고, 땅이 움푹 파였다.

"그 실력으로 여기까지 온 건가?"

"뭐?"

"다시, 다시 때려 보게."

까앙-!

강철이 얼른 고개를 들어 보자, 찰스는 어처구니가 없다는 표정을 하고 있었다.
"다시."
까앙-!
"다시!"
까앙-!
이제는 말 안 해도,
까앙-! 까앙-! 까앙-!
"자네, 엄청난 독종이로구만."
"…왜?"
"폼이 개판이야."
"뭐?"
"폼이 정말 개판이라고."
"……."
"근데도 여기까지 왔다는 건 인간 자체가 엄청난 독종이란 말밖에……."
이거 칭찬이야, 욕이야?
"내 진심으로 자네에게 존경을 표하는 바이네."
칭찬으로 했다 쳐도 나한텐 욕이나 다름없단 말이다!
"우라질!"
강철의 얼굴이 일그러졌다.

렘업하는 마왕님

 강철은 곡괭이를 들었다. 그러자 찰스가 눈을 흘기며 다가왔다.
 "자네는 이미 곡괭이를 잡는 법부터 틀렸어."
 "곡괭이가 잡는 법도 있어?"
 "그럼!"
 세상 사는 거, 참 오묘하다.
 기껏 게임 회사에 스카우트돼서 레벨 업 하는 마왕까지 되었는데, 정작 하는 짓이 곡괭이질 배우는 것일 줄은 정말 몰랐다.
 "자네는 지금 봉술을 하듯 한 손은 앞에, 다른 쪽 손은 뒤에 쥐고 있어. 그렇지?"

강철은 고개를 끄덕였다.

"그렇게 쥐고 휘두르면 힘이 실릴 수가 없잖아. 그 정돈 알지?"

그걸 알면 그렇게 휘둘렀겠냐?

"그런 식으로 쥐더라도 휘두를 땐 야구방망이 쥐듯 두 손이 곡괭이 아래쪽에서 만나야 하거든. 봐, 이렇게."

찰스는 강철과 똑같이 곡괭이를 쥐고 있다가 뒤로 젖히며 힘을 줘야 할 땐 자세를 바꿨다.

"이건 아주 기본적인 상식이네만."

그래. 상식 없어서 미안하다.

곡괭이질이 상식이 아닌 세상에서 살고 싶다! 젠장!

강철은 퉤퉤! 손에 침을 뱉고는 곡괭이를 움켜쥐었다.

"시작부터 힘을 줄 필온 없어. 들고 있을 땐 힘을 뺐다가, 뒤로 젖혀서 그립을 바꿀 때까진 부드럽게, 그다음 내려찍을 때만 체중을 실어서! 콱!"

이 큰 집을 두 손으로 파낸 건 인정.

마당에 평탄화 작업한 것까지도 인정.

근데 그건 다 손으로 한 거고…….

지금 하려는 건 곡괭이질이잖아.

곡괭이야 날카로운 데로 찍으면 그만이지, 폼 좀 바꾼다고 뭐 다를 거 있을라구.

강철은 온전히 다 믿진 못하겠지만, 그래도 해 보긴 하겠단 얼굴로 곡괭이를 들었다.
 일단 힘을 풀었다가, 뒤로 젖히고, 그립을 바꾼 다음에, 내리찍을 때 힘을…….
 '제대로 안 되기만 해 봐라!'
 그리고…
 콱-! 쩍!
 "으응?"
 [크리티컬 히트!]
 [레벨이 올랐습니다.]
 [보조 기술 '곡괭이질'을 획득하셨습니다.]
 [곡괭이질을 마스터(LV 50)할 시, '채굴꾼'으로 성장할 기회를 얻습니다.]
 뭐? 곡괭이만으로 레벨 40 넘게 올린 사람한테, 보조 기술 곡괭이질을 획득하셨다고?
 "지금 장난하는 것도 아니고!"
 지금껏 곡괭이질을 한 줄 알았더니! 그게 아니라 삽질이었던 모양이다.
 "아아!"
 강철은 비통한 얼굴로 머리를 움켜쥐었다.
 그때였다. 모든 과정을 지켜보던 찰스가 한 걸음 앞으로 나서며 말했다.
 "확 달라졌지?"

"끄응!"

"이제야 스승님을 존경할 마음이 생기나?"

인정할 건 인정하자.

찰스가 없었으면 곡괭이질의 탈을 쓴 삽질을 이어 갔을 거였다.

레벨이야 분명 올랐겠지. 그러나 태산만큼 노력하고 쥐꼬리만큼 받은 보상과 다르지 않았다.

"그래도 헛짓만 한 건 아닐세."

"으응?"

"자네는 잘못된 폼으로도 쉬지 않고 곡괭이질을 해 오지 않았나? 그 덕분인지 레벨에 비해 근력은 무지하게 늘었어."

그걸 위로라고 하는 거냐? 이럴 땐 그냥 입 다물고 있어 주는 게 최고의 위로다.

"허허! 자네 표정 보니 내 말을 온전히 믿질 못하는 모양이로군. 보게. 자네 레벨이 지금 48이야. 한데 근력은 몇인가?"

"285."

속없이 대답한 강철은 기가 막힌 심정으로 웃고 말았다.

"자네, 근력에 스탯을 투자한 적이 있나?"

스탯은 마력에 몰빵했다. 덕분에 48레벨에 마력은 335나 됐다.

"근력은 안 찍었어."

"근데 왜 285나 되는지 생각해 본 적 있나?"

곡괭이질 하는 동안 생각이란 걸 잊고 살았다.

그러고 보니 근력은 왜 오른 거야?

"요령 하나 없이 오로지 근력만으로 레벨을 올린 결과일세."

"으응?"

"그게 큰 도움이 된 걸세. 레벨은 더디 올랐지만, 근력이 엄청나게 오른 거야."

"근력 올려서 뭐에 써먹어?"

"곡괭이질에 써먹지!"

염병! 기승전곡괭이다.

"어쨌건 내가 병신 짓 한 건 아니라, 이 말 아냐?"

"자네도 눈이 있으면 볼 게 아닌가. 몰빵한 마력이 335인데, 건드리지도 않은 근력이 285야. 누가 보면 근력만 찍었다고 해도 믿을 수치네."

"나만 누릴 수 있는 특전이야?"

"아니. 다른 이들도 곡괭이질을 하면 똑같이 얻을 수 있는 혜택일세."

"에이! 좋다 말았네."

평균 95점인 성적표를 받아 기분 참 좋았는데, 반 평균이 96점인 기분이었다.

어차피 게임은 경쟁이다. 남들 다 본 혜택일랑 받지 않은 것과 다름없는 거다.

"물론 미친놈처럼 곡괭이질만 계속한다는 가정하에 말인데, 그럴 사람이 있는지는 모르겠군."

"됐고, 얼른 땅이나 파자고."

"허허……."

찰스의 웃음을 신호 삼아 강철은 크게 휘둘렀다.

깡-!

불꽃이 튀었으나 아까처럼 땅이 움푹 파이거나 하진 않았다.

"왜 그 전 폼으로 돌아간 거야?"

"그게 근력이 오른다며."

"효율이 안 좋대두. 레벨이 그만큼 늦게 오르니까, 결과적으로 보면 손해야."

빨리 렙업해서 유저들 썰고, 돈 벌려고 게임하는 거다.

근데 그 돈 시원하게 벌어 보려고, 한 번 죽으면 다 날리는 계약을 해 버렸다.

레벨 업 할 방법이 이거밖에 없어서 곡괭이질 하고는 있다만, 레벨에다 근력까지 올릴 수 있다니까 살짝 욕심이 생겼다.

넘사벽으로 강해져야 죽지 않을 수 있으니까.

안 죽어야 번 돈 지켜 낼 수 있는 거니까.

"정석으로 하면 근력도 오르나?"

"근력 대신 레벨이 오르지."

"그럼 근력 말고 다른 거 더 오르는 건 뭐 없고?"

"레벨이 오른대두."

"그럼 정석으로 하면 레벨만 오른다 이거지?"

"몹시 빨리."

흐음.

일단 렙업만 빨리하느냐, 아니면 렙업을 더디 하더라도 근력이란 보너스 스탯까지 받아 가느냐, 선택의 기로에 놓인 거였다.

"둘 다 얻을 순 없나?"

하나만 고르라면 꼭 둘 다 갖고 싶어진다.

레전드리 템이 4개밖에 없다니까, 이미 받아 간 놈 거 뺏을 수 없느냐고 대뜸 물어본 것도 그 때문이다.

다른 건 몰라도 심보 하나만큼은 마왕에 부족함이 없지롱!

"둘 다는 무리지. 어떻게 다 갖고 사냐?"

아니, 둘 다 갖는 방법이 있을지도 모른다.

찰스 말만 믿고 '아, 그런 건 없구나.' 포기해 버리면 딱 거기까진 거다.

찾아봐야 한다. 레벨도 올리고, 근력도 꽉꽉 올려서 유저놈들 다 때려잡을 기막힌 방법이 있는지, 없는지 찾아보고 포기해도 늦지 않다.

"원래 폼 고집하는 거, 아무리 봐도 무리수인데."

원래 폼을 고집하는 거 아니다. 둘 다 가질 수 있는 방법이 있는지 확인하기 위해 나름의 폼을 완성시켜 보려는 거다.

"일단 당분간은 내 폼으로 해 볼게."

깡-! 까앙-!

해 보지도 않고 안 된다고 하지 말자.

그런 놈들한테 1등 자리, 결코 주어지지 않는다는 거 안다.

새롭게 출발하는 기회에서만큼은 절대 후회하지 않는 삶을 살고 싶다.

강철은 부득! 이를 악물었다.

♪

"근데 이 양반은 어찌 된 게 자러 오지를 않는 거야?"

드넓은 방에 혼자 누워 있던 찰스는 불만 섞인 말을 토해 냈다.

땅속에 사는데 누굴 만나겠는가?

간만에 한 사람 구경이다.

혼잣말 말곤 입을 열 일이 없던 찰스기에 강철의 방문이 그리 나쁘지만은 않은 터였다.

쉬러 오면 말 좀 붙이려고 기다린 게 벌써 5일째다.

레벨 올린다고 일주일씩 사냥만 하는 인간도 간혹 있다고는 하지만, 이건 곡괭이질이다.

사냥은 하면서 좀 쉴 수라도 있지, 곡괭이질 같은 단순 노동은 하루만 해도 사람 녹초 되는 거 일도 아닌 거다.

"근데 저 인간은 쉬지도 않고 버텼다고? 그것도 5일을?"

까앙-! 까앙-!

지금도 곡괭이질 소리가 아련하게 들려왔다. 그 소리는 5일 전보다 한참을 멀어져 있었다.

인간이 저럴 수는 없는데, 아무리 독종이라도 저건 말이 안 되는데.

"에잇! 제 폼으로 해 본다는데 훈수 둔답시고 가 보기도 애매하고……"

그러나 잠시 뒤,

"저러면 쓰러져. 몸이 어떻게 버티겠어? 그래, 말리자. 레벨도 좋고 근력도 좋지만, 일단 사람이 살아야지."

까앙-! 까앙-!

찰스는 얼른 곡괭이 소리가 들려오는 곳으로 걸음을 옮겼다.

과연 강철은 여전히 곡괭이질을 이어 나가고 있었다. 요령 없는 폼은 여전한 채였다.

'저러면 레벨이 안 오른다니까.'

잔소리를 하려고 입을 열려 할 때였다.

"호오……."

경고에 앞서 감탄이 새어 나왔다. 시선은 강철의 등에 고정된 채였다.

5일 전에 봤을 때만 해도 나름 균형 잡힌 몸을 가졌다 싶은 정도였다.

거기서 5일이 지났을 뿐이다. 한데 강철의 등이 지난번과 비교도 할 수 없을 정도로 커져 있었다.

'뭐지? 무슨 일이 있었기에…….'

찰스는 호기심 어린 눈으로 천천히 다가갔다.

돌아보면 바로 보일 정도로 가까이 다가갔지만, 강철은 오로지 곡괭이질에만 온 신경을 쏟는 모양이었다.

"잘돼 가오?"

까앙-! 까앙-!

대답 대신 곡괭이 소리만 들려왔다. 그리고 곧 강철의 머리 위로 숫자 하나가 떠올랐다.

[+1]

찰스는 그것이 근력이 올랐다는 표시임을 직감했다.

'종일 근력만 올릴 셈인가?'

그리고 얼마 되지 않았을 때였다.

[+1]

'또?'

또,

[+1]

'뭐지, 이 속도는?'

웅덩이에 쏟아진 장대비가 튀어 오르듯 근력 표시가 연달아 떠올랐다.

찰스는 지금의 상황을 이해할 수 없었다.

그저,

'하, 한계치까지 스스로를 몰아붙이면 그때부턴 능력치가 배로 오른다는 건가?'

나름의 방식으로 미뤄 짐작할 따름이었다.

하나 찰스의 생각대로라면 일반 유저들이 보너스 스탯의 혜택을 거의 못 받는다는 사실도 설명이 되었다.

아닌 말로, 누가 저렇게까지 하겠는가?

까앙-! 까앙-!

'그래. 엄청난 집념으로 근력 올리는 거만큼은 내 인정해 주지. 하나 잘못된 폼 때문에 정체된 레벨은 어떻게 해결한다는 건지······.'

찰스가 불신에 찬 시선을 던질 때였다.

"으잉?"

강철의 머리 위를 바라보았던 찰스의 눈이 휘둥그레졌다.

'뭐? 레벨이 벌써 61이라고?'

찰스는 믿기지 않는다는 듯 얼른 자기 눈을 비볐다. 그러나 강철의 머리 위에 떠 있는 숫자는 변함이 없었다.

정확히 61.

마지막으로 봤을 때가 50이 안 됐으니 놀라운 성장이었다.

'무슨 일이 있었던 거냐?'

제대로 된 상황 파악이 안 돼 찰스가 뒷머릴 긁적일 무렵이었다.

한껏 곡괭이를 뒤로 젖힌 강철은,

기우뚱.

몸이 뒤로 쏠리는가 싶더니,

"어? 어?"

찰스의 놀란 소리와 함께,

쿵!

뒤로 넘어가 버린 거였다.

찰스는 얼른 가서 넘어진 강철을 바라봤다.

눈을 꼭 감은 채로 숨만 새근새근 쉬는 걸 보니 기절한 게 분명했다.

곡괭이질을 하다 지쳐 정신을 잃었다고?

"뭐 이런 미친놈이 다 있지?"

찰스는 혀를 내둘렀다. 쓰러졌는데도 곡괭이를 꼭 쥐고 있는 폼이 더 그랬다.

"독한 놈. 아이고! 독한 놈."

이 정도 되는 놈이면 분명 기절하고 꿈에서도 곡괭이질 할 거다.

"나 한참 때 생각나는구만."

찰스는 옛날 이 집을 만들던 그때가 떠오른 모양이다.

자기도 독했다고 자부하는데, 이 인간도 그 못지않다. 되레 무식한 걸로만은 훨씬 더한 것도 같고.

"어휴! 잠이라도 편한 데서 자라."

찰스는 강철을 들쳐 메고 얼른 집으로 향했다.

찰스는 자신의 침대에 강철을 옮겼다.

고운 흙을 마대 자루에 담아 만든 침대였는데, 바닥에서 자는 것보다야 백번 나을 거였다.

"5일을 휘둘렀으니, 꼬박 이틀은 뻗어야 할 거다."

간만에 수다 좀 떠나 기대했던 찰스는 아쉬움에 입맛을 다셨다.

찰스는 주방으로 가서 미리 끓여 둔 포션을 주둥이가 긴 병에 옮겨 담아 강철에게 돌아왔다.

마치 드라이아이스를 넣어 둔 것처럼 주둥이 끝으로 하얀 연기가 끝없이 피어 나왔다.

 찰스는 들고 있던 병을 눕혀 연기가 강철에게 향하게 했다.

 강철의 온몸이 연기로 뒤덮이자 곧,

 후우욱!

 [피로도가 +10 회복되었습니다.]

 [피로도가 +10 회복되었습니다.]

 [피로도가 +10 회복되었습니다.]

 연이어 시스템 메시지가 떠올랐다.

 "저 정도 독기면 옆에다 땅 하나 깊게 파서 이웃 삼는 것도 괜찮긴 한데."

 찰스는 사람을 피해 지하로 내려왔다. 강철이 왔을 때 고래고래 소리를 질러 댄 것도 그 때문이었다.

 한데 이상하게도 이놈을 보면 볼수록 자꾸만 마음이 흔들렸다. 이 악물고 곡괭이질 하는 모습이 마음에 들었던 거다.

 "내가 인간을 위해 포션을 사용하는 날이 올 줄이야."

 찰스는 조용히 병을 거두었다.

 병에서 뿜어져 나오던 연기도 이제 거의 멎어 들었고, 포션 향만 어렴풋하게 남은 채였다.

 "그나저나 레벨은 정말 많이 올랐군."

 찰스는 강철의 상태창을 찬찬히 살폈다.

"정석보다 효율이 떨어지는 건 어쩔 수 없다지만, 그 격차가 점점 좁혀지고 있어. 분명해."

잘못된 폼으로 정석을 따라잡는 건 결코 불가능하다고 단언했었다. 노력으로도 안 되는 게 있다고 믿었다.

한데 지금 그걸 강철이란 애송이가 해내고 있는 거다.

수치로 보여 주는데 안 믿을 수도 없고.

"허허."

찰스는 말없이 강철을 바라봤다.

찰스가 향을 잃은 포션을 옆으로 내려 둘 때였다.

"잠들었었나 보군!"

누워 있던 강철이 용수철 튀어 오르듯 벌떡 일어났다.

목소리에 힘겨움이 그대로 남았는데, 참 다부진 눈빛을 하고 있었다.

"얼마나 잠들어 있었지?"

강철은 대답을 종용하듯 찰스를 바라봤다.

반나절도 안 됐다. 포션의 효과를 봤어도 이틀은 꼬박 자야 피로가 풀리게 마련이다.

그러나 강철은 대답을 듣기도 전에 자리에서 일어섰다.

"에잇! 잠들면 깨웠어야지. 시간 버렸잖아."

"끄응!"

"앞으론 잠들면 깨워. 안 일어나면 따귀를 때려서라도."

강철은 대답도 듣지 않고는 얼른 이곳을 벗어나고 있었다.

"오 일 꼬박 새워 놓고. 어휴! 어휴! 저 꼴통!"

말한다고 들을 놈도 아니고…….

찰스는 멀어져 가는 강철을 바라보며 혀만 내두를 따름이었다.

⚜

뭐지? 왜 힘이 나는 거 같지? 좀 자서 그런가?

강철은 체력이 회복되었음을 온몸으로 느끼며 다시 곡괭이를 그러쥐었다.

깡! 까앙-!

[보조 기술 곡괭이질의 숙련도가 1 올랐습니다.]

[곡괭이질:8]

잘못된 폼으로 할 땐 생기지도 않던 보조 기술이다.

찰스한테 정석을 배워서 한 번 휘둘렀을 때 생겨난 건데, 잘못된 폼으로 해선 아무리 해도 안 오르던 거였다.

한데 요즘 들어 이게 조금씩 오른다.

레벨과 근력, 두 마리 토끼를 다 잡겠다고 마음먹은 뒤에 생겨난 기분 좋은 변화인 거다.

잘못된 길을 가고 있는 게 아니라고 말해 주는 척도이기도 하고.

"내 폼으로 정석만큼의 효율을 뽑아내는 거다. 그럼 이 지굿지굿한 곡괭이질이 나한테만 굴러온 복덩이가 되는 거야!"

곡괭이를 쥐게 된 건 우연이었다. 그러나 노력을 통해 우연을 기연으로 만들 수 있다면?

세상에 그보다 뿌듯한 일이 있을까?

"흐흐! 해 보자."

강철의 생각을 응원이라도 하듯,

깡-!

곡괭이를 내리찍음과 동시에,

띠링-!

시스템창이 떠올랐다.

[보석을 발견하였습니다.]

"오오!"

처음이다. 보석은 정말이지 처음이다.

[하급 루비.]

[세공이 필요합니다.]

"별로 좋은 건 아니군."

그래도 괜찮다. 여태껏 몇 날 며칠을 파도 안 나오던 게 이제야 모습을 드러낸 거다.

잘하고 있단 증거다.

앞으로 계속 좋아질 거란 계시라고 생각하자.

"무엇보다, 나중에 상급 보석을 얻었을 때 하급 보석은 강화 재료로 충분히 쓰일 수 있으니까."

강철은 얼른 하급 루비를 꺼내 바지 주머니에 넣어 두었다.

깡! 깡!

처음엔 땅 파서 오라던 스피츠란 놈이 그렇게 미울 수가 없었는데, 지금은 아니다.

"마룡이라고 했었나? 언놈인지 만나면 고맙단 말부터 해야겠구만."

강철은 다시 곡괭이를 말아 쥐었다.

⚜

제논 길드 마스터 권경우는 꽤 많은 돈을 벌었다.

비록 액트 1 타임 어택 신기록 도전엔 실패했지만, 괴몬스터 최초 발견자라는 타이틀을 얻게 되었다.

몬스터의 압도적인 힘을 영상에 고스란히 담아냈단 사실만으로 그는 일약 스타덤에 올랐다.

그날의 기억과 느낌을 생생히 전달해 달라는 인터뷰가 쇄도했다. 동영상 조회수가 1억 뷰를 돌파했고, 제논 길드를 모르는 사람이 없게 되었다.

덕분에 부수입이 엄청나게 생겨났다.

권경우는 이렇게 저렇게 얻은 수입을 길드에 재투자했다.

이렇게 주목받고 있을 때 치고 올라가야 명문 길드로 거듭날 수 있단 생각 때문이었다.

그는 길드원들에게 12강 무기를 지급했다.

이번에 얻은 수입을 죄 꼬라박은 것도 모자라 사비까지 털어서였다.

그렇게까지 공격적인 투자를 한 이유는 공략을 앞두고 있는 몬스터가 워낙 대단한 녀석이기 때문이었다.

"다 모였나?"

권경우의 앞으로 길드원 200명이 도열해 있었다.

40명 공대가 주축이었던 길드가 동영상 한 번 뜬 탓에 이처럼 성장한 거다.

200명이 번쩍이는 12강 무기를 들고 도열한 모습은 그 자체로 장관이었다.

권경우는 그 모습을 몹시 뿌듯한 얼굴로 바라봤다.

"다 모였습니다."

부길마의 보고가 끝나자 권경우는 기다렸다는 듯 한 걸음 앞으로 나섰다.

"이번에 투자한 돈만 10억이 넘는다."

10억이란 액수 때문일까.

길드원들의 표정이 잔뜩 굳었다.

"하지만 그 돈이 결코 아깝지 않다. 이번에 상대할 적이 그만큼 대단하기 때문이다."

권경우는 자신의 말에 자신이 취한 표정이었다.

"우리의 상대는 이 세계에 넷밖에 존재하지 않는다는 레전드리 몬스터다. 어중이떠중이 모여 오백 명씩 들이닥치는 걸, 우린 뚝 잘라 이백 명이 도전한다."

기존 게임과 달리 '어둠의 나라'는 레전드리 몬스터에 한해 레이드 인원에 제한을 두지 않는다. 그래서 아무리 강한 몬스터가 튀어나와도 수백 수천이 연합을 하고 가면 당할 재간이 없는 거다.

그러다 보니 자연히 최소 인원으로 레전드리 몬스터를 제압하는 것이 유저들의 최고 목표가 되었다.

길드원들에게 12강 아이템을 뿌린 것도 그 때문이다.

최소 인원으로 레이드 보스몹을 잡을 수만 있다면 길드의 위명은 하늘 높은 줄 모르고 치솟을 거다.

그러기 위해 거쳐야 할 대상은 역시나,

"마룡 스피츠. 우리의 상대는 마룡 스피츠다."

꿀꺽!

스피츠란 이름이 떨어짐과 동시에 200의 길드원이 마른침을 삼켰다. 약속이나 한 것처럼 말이다.

그만큼 스피츠란 이름이 주는 무게감은 대단했다.

"던전에 들어가기에 앞서, 한 가지 확실히 해 두어야 할 것이 있다."

길드원들의 시선이 권경우에게 집중되었다. 그는 잠시 뜸을 들이다 말을 이었다.

"만약 레전드리 아이템이 드롭되면 그에 대한 소유권은 길마인 나에게 있다."

이번 레이드를 위해 10억을 투자한 권경우다. 누구도 그 말에 토를 달 수 없었다.

무엇보다 스피츠를 잡는다고 레전드리 아이템을 떨어뜨린다는 보장도 없었기에 그다지 아쉬울 것도 없었다.

레전드리 아이템은 레전드리 퀘스트를 통해 수여하는 게 정설이지, 레이드를 통해 드롭한 적은 한 번도 없는 탓이었다.

그럼에도 이렇듯 템의 소유권을 주장하는 건 두 가지 이유 때문이다.

첫째, 아이템의 소유권을 운운함으로 이번 레이드가 당연히 성공할 거란 인상을 심어 주기 위함이었다.

둘째, 만에 하나 정말 아이템이 드롭되게 됐을 때 결코 양보란 없단 걸 분명히 해 두기 위해서였다.

레전드리 아이템이다.

광룡 레비아탄에게 레전드리 아이템을 하사받은 마법사 랭킹 1위 아리엘을 떠올려 보자.

대륙 유일의 레전드리 아이템 보유자다.

아이템 하나 얻었을 뿐인데, 여타의 랭커들과 어마어마한 격차가 벌어졌다.

마법사 랭킹 1위에서 전체 유저 랭킹 1위가 된 건 누가 뭐래도 레전드리 아이템 때문임이 분명했다.

 4대 레전드리 몬스터 중 최약체인 레비아탄의 아이템이 그 정도면, 최고로 손꼽히는 스피츠의 템은 오죽하겠는가.

 당연히 욕심이 생길 수밖에 없다.

 "동의하는가?"

 권경우는 다짐을 받겠다는 듯 한 번 더 강조했다.

 "레전드리 아이템은 길드 마스터의 소유다. 동의하는가?"

 부길마가 획 돌아봤다. 그러자 약속이라도 한 듯 '예!' 하고 함성이 울려 퍼졌다.

※

 권경우를 필두로 선발대가 드래곤 레어로 들어섰다.

 흉포하기로 소문난 스피츠다.

 수천 명이 들이닥쳐 썰면 금방 공략할 수 있지만 지금은 딱 2백이다. 여태껏 이 정도 숫자로 스피츠를 공략한 적은 단 한 번도 없었다.

 길드원들이 긴장해 마지않는 것도 당연했다.

 언제 들이닥칠지 모르는 브레스에 모두가 숨죽이며 걸음을 옮길 때였다.

 앞장섰던 탱커가 오른손을 번쩍 들었다. 주먹을 불끈 쥔 채였다.
 탱커의 신호에 모두가 멈춰 섰다. 저마다 12강 무기를 그러쥐었다. 당장이라도 공격을 퍼부을 기세였다.
 "드으래곤이 보오입니다."
 탱커는 긴장했는지 목소리가 가늘게 떨렸다. 그의 말에 마법사들은 저마다 주문을 캐스팅하기 시작했다.
 "회색 피부에 갑옷 같은 비늘이 온몸을 둘렀습니다. 거, 거대합니다. 천장이 머리에 닿을 지경입니다."
 응?
 "스피츠가 맞습니까?"
 탱커가 물었다.
 몰라서 묻는 거 아니다.
 이미 수십, 수백 번 다른 길드의 스피츠 공략 동영상을 보고 온 터였다.
 스피츠라면 눈 감고도 그릴 수 있을 정도인 그들이다.
 더군다나 대열의 맨 앞에 서야 할 탱커야 말해 무엇하겠는가.
 "잘못 본 거 아니야? 회색빛이라고?"
 권경우가 긴장한 소리로 물었다.
 스피츠는 레드 드래곤이다.
 회색빛이라면?
 "그건 광룡 레비아탄이잖아!"

"저도 그 생각을……."

그때였다.

"으, 으악!"

탱커의 입에서 비명이 터져 나왔다.

"이, 이쪽으로 날아옵니다. 레, 레비아탄이 확실합니다!"

"젠장! 당황할 거 없다. 레비아탄이고 지랄이고 썰어 버리면 그만이다!"

권경우가 발악하듯 소리쳤다. 그러나 레비아탄의 뒤로 더욱 거대한 드래곤이 보였으니,

"스, 스피츠?"

이 세계의 절대자, 마룡 스피츠가 분명했다.

이런 젠장! 이것들이 쌍으로 뭐하는 건데?

'나한텐 왜 이딴 일만 일어나는 거야!'

권경우의 얼굴이 일그러졌다.

제5장

돌 제대로 밟았다

렙업하는 마왕님

 개발팀 이준환은 하루에 12시간씩 스피츠의 움직임만 체크했다. 무슨 일이 터져도 터질 거란 생각 때문이었다.
 "도대체 뭔 생각을 하고 있는 거냐, 스피츠."
 스피츠는 최고의 인공지능 시스템을 탑재한 NPC였다.
 지금 이 순간도 스피츠의 사고를 위해 수백 대의 컴퓨터가 가동되는 중이다.
 온종일 일거수일투족을 감시해도 속내를 알 수 없는 건, 스피츠에게 탑재된 상상을 초월하는 수준의 인공지능 덕분이었다.
 "유저를 상대하라고 만들어 뒀더니, 칼끝이 엉뚱한 곳을 겨누고 있구나."

돌 제대로 밟았다 • 141

이준환이 아이스커피를 마시며 혼잣말을 중얼거릴 때였다.

삐! 삐!

스피커에서 경고음이 터져 나왔다.

그 즉시 내선 전화가 울렸다.

"예, 팀장님."

(확인했나?)

"화, 확인했습니다."

바로 그때 휴대폰도 같이 울렸다. 수석 개발자 송재균이었다.

"팀장님, 총괄 디렉터님에게 연락이 왔습니다."

(얼른 받아 보게.)

김백준은 먼저 전화를 끊었다.

이준환은 내선 전화기를 내려 두고는 얼른 휴대폰을 집어 들었다.

"전화 바꿨습니다. 이준환입니다."

(레비아탄이 움직였군요.)

"예, 그렇습니다."

이준환은 얼른 모니터에 시선을 던졌다.

과연 스피츠의 드래곤 레어엔 회색빛 비늘의 레비아탄이 보였다.

(계속 체크하고 계셨나요?)

"예. 한순간도 눈을 떼지 않았습니다."

(스피츠가 레비아탄과 회동할 이유가 있었습니까?)

"전혀 없었습니다."

(후우!)

"잠시만 기다려 주십시오."

이준환은 혹시나 놓친 게 있진 않을지 얼른 로그 기록을 체크해 보았다.

특이 사항은 발견되지 않았다. 스피츠가 레비아탄에게 어떤 사인을 보내거나 한 기록은 더더욱 없었다.

"로그를 뒤져도 특별할 건 없습니다."

(그럼 레비아탄이 먼저 찾아온 거라, 이 말인가요?)

"그렇게 볼 수밖에 없을 거 같습니다."

(정말 그렇게 생각하십니까?)

"정황은 그렇습니다만. 흠!"

(전 스피츠가 어떤 기록도 남기지 않고 레비아탄을 불러들였다는 데 한 표 던지고 싶군요.)

하지만 그런 건 불가능하다.

스피츠의 모든 행위는 로그에 기록된다.

이전 걸 뒤져 봐도 레비아탄에게 보내는 사인 같은 건 찾아볼 수……

"호, 혹시."

(말씀해 보세요.)

"스피츠가 근래에 한 특이한 행동이라곤 딱 하나밖에 없습니다."

(마왕에게 준 퀘스트겠죠.)

"예, 그렇습니다."

(그게 어떤 신호가 됐을 거다?)

"그렇게밖에 생각할 수가 없습니다만……."

하지만 어떻게?

이준환은 본인이 말하고도 그게 가능한 일인가 고개를 갸웃했다.

스피츠가 마왕에게 퀘스트를 줬다는 사실을 레비아탄은 알 수가 없다. 저들끼리 귓말이라도 하지 않고서야 어떻게 알 수 있단 말인가?

백번 양보해서 그렇게 했다면 로그에 기록이 남을 거다.

(로그 기록이 깨끗하다, 이거죠?)

"예."

(마왕은 현재 뭘 하고 있습니까?)

이준환은 얼른 다른 창을 띄웠다. 그러자 강철이 화면에 들어왔다.

"곡괭이질 중입니다."

(곡괭이질이라…….)

수화기 너머의 송재균은 잠시간 아무 말이 없었다.

그러다 곧,

(곡괭이질이 노가다 그 이상의 의미를 지닐 리가…….)

혼잣말을 중얼거렸다.

(일단 알겠습니다. 개발팀 내부에서 스피츠와 레비아탄을 집중적으로 체크해 주세요. 다른 레전드리 NPC도 예의 주시하시고요.)

"예. 전파하겠습니다."

이준환은 오랫동안 모니터를 바라봤다.

※

강철은 여전히 곡괭이질 중이었다.

그 옆으로 찰스가 보였다.

찰스를 처음 만났을 때만 해도 서서 곡괭이를 겨우 들 높이만큼 땅굴을 팠다. 앞으로 나가기 급급해서였다.

그러나 지금은 달랐다.

더 높고, 넓어졌다.

크게 파려고 그런 게 아니라, 기술이 향상되다 보니 자연히 반경도 넓어진 거다.

"곡괭이 스킬은 벌써 마스터했고, 채굴꾼 호칭도 얻었군. 레벨도 90이나 되니 더할 나위 없구만."

찰스는 고개를 끄덕였다.

"이런 걸 짐작하고 스피츠 님이 퀘스트를 주셨던 걸까?

스피츠 님이 먼저 움직이셨다더니, 정말 이런 면을 알아보셨단 거라고?"

까앙!

혼잣말을 지껄인 찰스는 묻지도 않은 말을 꺼내 들었다.

"스피츠 님에게 퀘스트를 받은 자는 자네가 처음일세. 그만큼 훌륭한 재목으로 인정받았단 증거가 아니겠나."

무슨 대단한 영광이라도 된다는 양 찰스가 떠들어 댔지만 강철은 상관하지 않았다.

깡! 깡!

묵묵히 곡괭이만 휘두를 따름이었다.

"이 세계에서 스피츠 님에게 인정받는다는 게 어떤 의미지 알기는 하는가?"

깡!

모른다.

까앙-!

알고 싶지도 않다.

레전드리 템 때문에 찾아가는 거지, 템 아니었음 드래곤이고 지랄이고 만날 이유가 뭐 있겠는가.

깡! 까앙!

그때였다.

쩌적!

쪼개지는 소리가 들렸고,

"뭐야, 이건?"

강철이 의아한 얼굴을 한 직후였다.

콰과과과!

강철의 가랑이 사이로 땅이 갈라지는가 싶더니,

"어어?"

그의 다리가 벌어지는 땅의 길이를 감당하지 못할 때,

"으악!"

강철은 갈라진 틈으로 떨어지고 말았다.

쿵!

"컥!"

등으로 떨어졌다. 숨을 쉴 수가 없었다.

이렇게 죽는 건가?

그럼 죽으면 땡인 내 2백만 원은?

강철이 이를 악물었을 때였다.

흐릿했던 시야가 점점 또렷해지는가 싶더니, 잔뜩 피어오른 먼지가 서서히 흩어졌다.

"괘앤차안나아!"

그러고는 멀리서 메아리치듯 찰스의 음성이 들려왔다.

"끄응!"

악착스럽게 눈을 뜬 강철의 시선에 저 높이에 점처럼 작아 보이는 찰스가 들어왔다.

죽지 않은 거다. 그 높이에서 떨어지고도 어떻게 살아 있는 거다.

안 죽은 거지? 안 죽은 거 맞지?

"쿨럭! 쿨럭!"

기침이 먼저 나왔다.

꽉 막힌 데를 두들기는 기침이었다.

통증이 온몸 곳곳을 짓누르고 숨이 턱턱 막혔지만, 그래도 좋았다. 돈을 지켰다는 기쁨 때문이었다.

그래, 지킨 거다.

안 죽었으니 지킨 거다, 돈.

쿨럭! 쿨럭!

당연하게 곡괭이는 또 들고 떨어졌다.

강철은 곡괭이를 지팡이 삼아 끙끙대며 일어섰다. 그러곤 얼른 주위를 둘러봤다.

머리 위에 쏟아지는 빛 덕분에 겨우 앞을 분간할 정도는 되었다.

"지진인가? 갑자기 땅은 왜 갈라졌지?"

떨어진 높이를 보면 20미터는 족히 돼 보였다.

곡괭이질을 아무리 잘해도 한 번 휘둘러 20미터를 갈라지게 할 자신은 없었다. 외부적 요인 때문에 이렇게 된 게 분명했다.

"에잇! 잘됐지, 뭐."

어차피 파 내려갈 땅이었다.

20미터 공짜로 내려갔다고 생각하자.

강철이 다시 곡괭이를 말아 쥘 때였다.

"크흑!"

어둠 속에서 들려온 소리였다.

강철은 본능적으로 곡괭이를 앞으로 내밀었다. 이상한 낌새가 보이면 바로 휘두르겠다는 의지의 표시였다.

'목숨은 안 아까운데, 이백만 원은 미치도록 아깝단 말이다!'

강철은 얼른 어둠 속으로 몸을 숨겼다. 그러곤 보다 깊은 어둠을 오랫동안 응시했다.

저벅! 저벅!

발소리가 들렸다.

'에잇! 템도 없는데 왜 이런 상황에 닥치고 지럴이여!'

강철은 송재균이 챙겨 준 에픽 15강 템이 뼈에 사무치도록 그리웠다.

발소리는 점점 강철을 향해 다가왔다.

"이게 말이나 되는 거야?"

그리고 어둠 속에서 구시렁거리는 소리가 흘러나왔다.

"젠장! 괴물 같은 몹이 튀어나오질 않나, 스피츠를 잡으

러 갔더니 레비아탄이 기다리고 있질 않나…….″

놈은 13강짜리 소드를 질질 끌며 힘겹게 걷고 있었다.

에픽 15강보다야 못했지만, 몇 날 며칠 곡괭이질만 한 강철에게는 그것도 참으로 영롱해 보였다.

″그래도 영상에 담았으니 기본은 한 거지, 뭐. 레비아탄과 스피츠가 회동을 할 줄 누가 상상이나 했겠어?″

걸음을 옮기던 놈의 얼굴에 옅은 빛이 스며드는 순간이었다.

'응? 저놈? 어디서 봤더라?'

어둠 속에 몸을 숨긴 강철이 고개를 갸웃한 직후였다.

'아! 그때 다리 후들거리던 모지리!'

강철은 에픽 15강 템을 두르고 하늘에서 떨어져 내렸던 순간을 떠올렸다.

″크크크!″

제논 길드 마스터 권경우는 특종을 잡아냈단 생각에 웃음이 절로 나왔다. 동영상 파일만 올리면 최소 천만 뷰는 나올 거란 생각 때문이었다.

″어휴! 그 병신들한테 12강 템을 뿌리는 게 아니었는데.″

길드원들은 시작과 동시에 전멸해 버렸다.

스피츠와 레비아탄이 동시에 브레스를 뿜어 대는데, 도무지 견딜 재간이 없는 거였다.

뒤도 안 돌아보고 도망간 결과 본인은 어떻게든 도망칠 수 있었는데, 다른 놈들은 아니었던 모양이다.

"애먼 놈들한테 템을 뿌리느니, 차라리 나한테 14강 템을 도배하는 게 낫겠어."

아닌 게 아니라, 자신의 13강 템도 훌륭하긴 하나 레이드를 주도할 정도는 아니었다.

물론 14강 템을 도배할 만큼의 자금력이 있었다면 충분히 그렇게 했을 거다.

권경우는 충분히 이기적인 인간이니까.

길드원들한테 12강 템 뿌린 것도 그들이 좋아서가 아니라, 자신의 길드를 빛내기 위해 놈들이 필요하기 때문에 그런 거였다. 레이드에 실패하자 나눠 줬던 템을 도로 뺏을 생각을 하는 게 그 증거다.

"어쨌거나, 이번 동영상 올리고 수익금 생기면 다음 스텝을 어떻게 가져갈지 고민해 보는 거다."

권경우가 혼잣말을 중얼거릴 때였다.

"괘앤차안냐아!"

느닷없는 고함이 위에서 쏟아져 내렸다.

화들짝 놀란 권경우는 얼른 고개를 들었다. 저 높은 곳에서 뭔가가 빼꼼히 고개를 내밀고 있는 게 눈에 들어왔다.

"줄 가져와따아아! 내리일 테니까아 자압고오 오올라와라아!"

"뭐야, 저건?"

권경우는 반사적으로 검을 뽑아 들었다.

✦

찰스 딴에는 강철을 구해 보겠다고 줄을 구해 온 모양이었다.

고맙다. 근데 타이밍이 안 좋았다. 하필 유저 놈 지나갈 때 딱 밧줄이 내려온 거다.

'찰스, 마음만 받을게.'

강철은 어둠 속에서 놈을 살폈다.

레벨은 172.

강철보다 82나 더 많았다.

더군다나 13강짜리 소드까지 들고 있어, 그 격차는 120쯤 된다고 보는 게 맞을 터였다.

이럴 땐 저놈이 사라질 때까지 얌전히 어둠 속에 숨어 있는 게 맞다.

괜히 나섰다가 13강짜리 소드에 맞아 죽으면 벌어 둔 2백만 원 날리는 걸로 이야기 끝이다.

'근데 저놈 잡으면 20만 원에, 들고 있는 검 건지면 1,000

은 따라오는 거잖아?'

본봉 없앤 계약을 떠올린 강철은 잠시 위험과 수입을 놓고 고민했다.

곡괭이질?

근력이고 지랄이고, 정석으로 해서 보장된 거나 쏙쏙 빼먹는 게 여러모로 맘 편한 일인지도 모른다.

그런데 삶이 어디 그런가.

이 핑계, 저 핑계 대다 보면 남는 건 가시밖에 없는 거다.

튼실한 물고기를 앞에 두고 마른 고기만 노리다가 가시 걸려 뒈지는 거?

강철은 입술에 힘을 꾹 주었다.

기회는 왔을 때 잡아야 한다.

'레벨에 비해 근력 많이 올렸다. 해 보자. 할 수 있다.'

결심을 굳힌 강철은 지겹도록 휘둘렀던 곡괭이를 힘껏 말아 쥐었다.

쿵쾅! 쿵쾅!

별거 아니라고 생각했다. 그냥 게임일 뿐이다. 그런데 심장이 유난스럽게 뛰었다.

살살 쫓아가는 거다.

심장 소리 들릴 리 없으니까.

강철이 조심스럽게 걸음을 옮기는 도중이었다.

콰직!

젠장! 젠장! 젠장!

돌 제대로 밟았다.

"누구냐!"

권경우가 홱 뒤를 돌아보았다. 소드를 위로 치켜든 전투자세였다.

"염병!"

강철은 욕을 뱉으며 곡괭이를 있는 힘껏 휘둘렀다.

꾸

휘이익!

권경우가 곡괭이를 향해 검을 휘둘렀다.

깡-!

충돌음이 터져 나온 뒤에 곡괭이가 튕겨 나왔다.

정말 잘 휘둘렀다. 긴장하긴 했지만 몸에 익었던 솜씨가 제법 발휘되었었다.

그런데도 능숙해진 곡괭이질은 온데간데없고, 검에 부딪치는 순간 튀어나오고 말았다.

무기가 엉뚱해서였을까?

강철을 본 권경우가 비릿한 미소를 흘렸다.

"우리 어디서 본 적 있지 않아?"

강철의 레벨과 무기를 훑은 권경우는 여유를 부렸다. 그는 대뜸 강철을 향해 세차게 발을 걷어 올렸다.
 퍽!
 명치를 제대로 얻어맞은 강철은 날아가는 것처럼 뒤로 처박혔다.
 쿵!
 등으로 떨어졌고, 이어서 머리가 바닥에 요란스럽게 부딪쳤다.
 긴장해서였는지, 아니면 충격 때문인지 손으로 둥그렇게 가려 놓은 것처럼 시야가 잔뜩 좁아져 있었다.
"끄윽……."
 악착같이 시선을 든 강철의 눈에 먼저 천장이 들어왔고, 이어서 저 높은 곳에서 작은 점으로 보이는 찰스가 들어왔다.
 찰스는 아직 아래로 밧줄을 늘어트리고 있었다.
 시계추처럼 좌우로 흔들리는 밧줄이 호랑이를 피해 달아나라는 동화 속의 동아줄 같았다.
 밧줄을 붙들고 늘어지면 살 수 있을까?
 다시 일어나 어설픈 곡괭이질을 할 바에야 그게 더 가능성 있는 건 아닐까?
"염병을 떨고 있다."
 강철은 스스로를 나무라듯 욕을 뱉은 뒤에 상체를 들어 올렸다.

바로 앞에 검을 들고 있는 권경우가 보였다.

놈은 소드마스터라도 된 것처럼 강철을 향해 검을 까딱였다.

폼 더럽게 잡는다.

"하여간 나도 난데, 저 새끼도 중증이네."

관심 종자도 A급 아니고서야 저런 유치한 짓 따위 하지 않는다.

강철은 곡괭이를 세우고, 그걸 의지해 몸을 일으켰다. 그러고는 인상을 버럭 찌푸렸다.

놈이 얼마나 세게 걷어찼는지 아직도 명치가 얼얼했다.

강철의 일그러진 얼굴이 만족스러웠던지 권경우는 흡족한 미소를 지어 보였다.

미친놈. 칼 들고 춤추는 무당도 아니고.

"그렇게 폼 잡고 싶으면 드래곤한테나 가. 동굴에서 주접 떨지 말고."

강철이 비웃듯이 던진 말이었다.

그렇지 않아도 드래곤 레이드에 실패해서 손해가 막심했던 권경우다. 놈의 얼굴에 삽시간에 분노가 피어올랐다.

"멍청한 놈들이 꼭 명줄을 재촉하는구만."

권경우는 검을 고쳐 쥐었다. 그의 눈에 허접한 곡괭이 따위 한칼에 죽일 수 있다는 자신감이 분명하게 담겨 있었다.

"호호!"

강철은 이상하게 웃음이 나왔다.

이왕 죽는 거라면…….

"그래, 이래야지. 그래야 싸울 맛이 나지."

강철은 독한 마음으로 곡괭이를 그러쥐었다.

동아줄에 매달리기도 어려웠고, 다른 도움 받을 만한 것도 없다. 이건 뭐, 글자 그대로 죽기 아니면 까무러치기인 거다.

'레벨 차이만 80이다. 거기에 장비까지 13강 소드 대 곡괭이니, 더 말할 필요도 없고.'

지금 믿을 거라곤 딱 하나.

'죽으나 사나 곡괭이질 말곤 답 없는 거지.'

강철은 '후우!' 깊이 숨을 내쉬었다.

쿵쾅! 쿵쾅!

그런데도 심장이 북을 울리는 것처럼 요동쳤다.

가상현실이어서 그럴까?

숨이 터질 것 같은 긴장, 끔찍한 통증, 그리고 실제로 생사를 가르는 듯한 현실감이 강철을 더욱 옥죄는 느낌이었다.

사람 참, 자꾸 모양 안 나온다.

죽으면 끔찍한 고통을 얻는 대신 2백만 원 잃는 거고, 살면? 짭짤한 거지.

마음을 독하게 먹은 강철은 곡괭이로 놈의 대가리를 가리켰다.

유명한 홈런 타자가 방망이로 홈런의 방향을 가리키는 느낌인데, 곡괭이라 그런지 맛이 살지는 않았다.

"뒈지고 싶어서 안달이 났구만."

강철의 행동이 의미하는 것을 알아본 것처럼 권경우가 인상을 찌푸렸다.

권경우는 척 보기에도 한 방을 노리는 모양새였다.

'어디 하는 데까지 해 보자.'

칼을 두 손으로 움켜쥔 놈이 느긋하게 강철을 향해 다가오고 있었다.

그때였다. 놈의 뒤편 벽이 강철의 눈에 들어왔다.

그래! 곡괭이질 뭐 있어?

저놈이 벽이라고 생각하고 휘두르는 거지.

눈앞에 있는 게 딱딱한 벽이라고 생각하자.

강철은 조용히 곡괭이를 고쳐 쥐었다.

믿자. 아까처럼 몸이 기억하는 대로 휘두르는 거다.

아무것도 안 든 것처럼 팔을 젖혔다가, 체중을 실어 날 끝에 온 힘을 집중한단 기분으로!

"이익!"

쐐애액-!

강철의 곡괭이가 바람을 가르며 권경우를 향해 떨어졌다.

뒤로 젖힐 때만 해도 느릿하던 곡괭이다. 그런데 내리꽂는 순간만큼은 먹이를 향해 날아드는 매 못지않았다.

그래서였을까?

"으흭!"

칼을 휘두르려던 권경우가 일단 몸을 뒤로 날렸다.

콰아- 앙! 쩌저저적!

놀라운 광경이었다. 강철의 곡괭이가 찍힌 자리에서부터 거대한 균열이 거미줄처럼 바닥을 타고 퍼져 나가는 것은.

권경우는 당황한 심정을 감추지 못했다.

"어떻게 곡괭이로……?"

놀란 거다. 전혀 예상치 못한 공격에 놈은 완전히 얼이 빠진 표정이었다.

놈이 퍼뜩 시선을 내려 팔뚝을 보았다. 피하려고 몸을 날렸는데도 어느 틈에 팔뚝이 갈라져 있었다.

조금만 늦었으면 왼쪽 어깨가 찢어졌을 게 분명했다.

절레절레.

권경우는 나직하게 고개를 저으며 끔찍한 상상을 털어 내려 애썼다. 곡괭이에 머리를 정통으로 얻어맞는 자신의 모습을 말이다.

"이, 이런 걸 숨기고 있었단 말이지? 그래서 그런 걸 들고도 그렇게 당당했던 거다?"

이제야 이해가 간다는 양 권경우는 고개를 끄덕였다.

"오냐! 이번엔 내 차례다."

권경우는 강철을 노려보며 스킬을 준비했다.

"오러 블레이드."

150레벨에 습득한 각성 스킬이었다.

↯

찰스는 스피츠의 오랜 신하였다.

대륙 최강의 주인을 모신다는 자부심 하나로 살아온 그에게 시련이 찾아온 건 어느 겨울밤이었다.

"우와아!"

잠자리에 들려던 찰스는 느닷없이 들이닥친 함성 소리에 얼른 침대를 박차고 일어났다.

옷도 제대로 걸치지 못하고 얼른 뛰쳐나가 보니, 한 무리의 용사가 레어 앞에 쳐진 결계를 두드리고 있는 게 보였다.

멍청하긴.

얼간이 용사 열댓이 드래곤 레어를 찾는 이유는 하나였다.

"네놈만 잡으면 정말 유명해질 수 있단 말이다."

용사 놈들은 돼먹지 않은 명예를 얻기 위해 스피츠의 목을 노리곤 했다. 그러나 누구도 레어에 쳐진 결계조차 깨부수지 못했다.

"썩 안 꺼져?"

찰스가 지키고 있기 때문이었다.

찰스는 커다란 팔뚝을 무섭게 휘둘렀다. 어떤 파티를 이뤘건 간에, 찰스의 주먹에 얻어맞은 용사 놈들은 마치 투석기에 얹어진 돌처럼 멀리멀리 날아가 버렸다.

하지만 그 겨울밤만은 달랐다. 찰스가 한 무리의 얼간이들을 날려 버린 직후였다.

"우와아!"

엄청난 함성이 스피츠의 레어를 덮쳤다. 찰스는 소리 난 곳을 향해 고개를 돌렸다.

세상에!

마치 스케치북에 황토색 물감을 부은 것처럼 뽀얀 흙먼지를 일으키며 셀 수도 없이 많은 적들이 달려오고 있었다.

군단이었다.

끝없이 펼쳐져 하나의 지평선을 완전히 덮어 버린 놈들이 무너진 댐에서 쏟아지는 물처럼 드래곤 레어를 덮쳐 왔다.

그 압도적인 위용에 잠시 멍했던 찰스는 곧바로 퍼뜩 정신을 차렸다.

"스피츠 님! 피하셔야 합니다!"

그리고 그는 레어를 향해 목이 찢어져라 소리쳤다.

어지간한 파티쯤 찰스가 막는다. 그러나 저렇게 유저들이 끝없이 달려오는 거라면 아무리 드래곤이라 하더라도 승패를 장담하기 어려웠다.

"스피츠 님! 어서! 피하셔야 합니다!"

돌 제대로 밟았다 • 161

찰스는 주먹으로 바닥을 내리쳤다.

쿵! 쿵! 쿵! 쿵!

곧바로 거대한 구덩이가 생겨났고, 그의 주먹이 바닥에 꽂힐 때마다 구덩이는 점점 커져서 레어 앞을 막았다.

찰스는 개미지옥의 개미처럼 그곳으로 유저들을 유인할 생각이었다.

쿵! 쿵! 쿵! 쿵!

그러나 그의 주먹보다 적들의 진군이 빨랐다.

"얼마 남지 않았다!"

"우와- 아!"

그야말로 압도적인 숫자였다.

"밀어붙여! 몬스터들을 앞으로 보내!"

게다가 이번 유저들은 NPC를 동원했다.

그들은 찰스의 계획을 알고 있다는 듯 구덩이로 몬스터를 밀어 넣었다.

몬스터들이 삽시간에 구덩이를 메워 버렸다.

펑! 펑!

찰스는 있는 힘껏 주먹을 휘둘렀다. 그럴 때마다 수십 명의 용사들이 날아갔다.

그러나 거기까지였다. 적들의 숫자는 그가 어쩔 수 있는 것이 아니었다.

'스피츠 님! 어서 피하셔야 합니다……..'

찰스는 마지막 말을 끝내 뱉어 내지 못했다.

어느새 달려든 유저들의 공격에 생명력이 이미 바닥나 있었기 때문이다.

⚔

"후우!"

갈라진 땅 아래를 보며 찰스는 잊고 살았던 오래전 그날을 떠올렸다.

자신이 더 강했다면 스피츠를 지킬 수 있었을까?

아니, 그럴 순 없었을 거다.

대륙 가장 높은 곳에 있던 드래곤 스피츠의 깃발이 뽑힌 날이다. 자신이 아무리 강했다고 한들, 드래곤을 무너트린 그들을 막아 내지는 못했을 게 분명했다.

찰스도 그걸 모르지 않았다.

"스피츠 님이 피할 시간을 벌었다면……?"

리스폰된 찰스는 죄의식에 시달렸다. 개발자들이 왜 과거의 기억을 지우지 않았는지는 모른다.

아무튼, 찰스는 그날 이후로 지하에서의 삶을 택했다. 그것도 스피츠의 레어 바닥에 말이다.

그러던 그에게 강철은 충격이었다.

드래곤 스피츠에게 받은 퀘스트를 지니고 있었다는 사실

에 그는 먼저 질투를 느꼈고, 다음으로 반가웠으며, 그 뒤론 놀라움이 가슴에 가득했다.

"후우."

찰스는 발아래 펼쳐진 거대한 틈을 내려다봤다. 빛이 다 닿지 못할 어둠이 펼쳐져 있었다.

"구해야겠지."

혼잣말인지, 강철에게인지 모를 한마디를 뱉은 그가 어둠 속으로 몸을 날렸다.

꼬

"염병!"

강철은 이를 악물었다.

정말 간발의 차이였다. 팔뚝에 스친 공격이 어깨 언저리에만 박혔더라도!

어찌 됐건 회심의 일격이 빗나갔고, 이번엔 권경우의 공격을 막아 내야만 했다.

놈은 검을 허리춤에 두고 몸을 잔뜩 웅크렸다.

병신! 하여간 폼은!

잠시 뒤였다. 검날 근처에서 아지랑이가 피어올랐다.

웅웅웅!

그리고 섬뜩한 소리가 동굴에 울려 퍼졌다.

그 직후였다.

스웅!

아지랑이가 잿빛 연기가 되어 바닥으로 흘러내렸다.

"봤냐? 이게 오러 블레이드다."

염병! 무진장 힘들게 얻은 스킬인가 보다. 그냥 쓰면 될 걸, 지랄을 떨면서 보여 주는 게 딱 그랬다.

이 꼴 저 꼴, 더러운 꼴 안 보려면 아까 그 한 방에 죽였어야 했다.

"젠장!"

강철은 포기하지 않고 놈을 노려보았다.

가까이만 와라. 그러면 한 방 날려 주마.

강철의 생각을 읽은 것처럼 권경우는 거리를 둔 채 다가오지 않았다.

오러 블레이드를 장풍처럼 쏘아 대려는 눈치였다.

이러면 강철 쪽에서 달려가 거리를 좁혀야 한다. 그런데 그건 민첩성이 높아야 가능한 일인 거다.

근력과 마력은 어찌 비벼 볼 만하다만, 민첩은 뭐…….

"젠장!"

강철은 연신 욕을 뱉어 냈다.

아까 공격을 실패한 순간 사실상 승부가 갈린 거라고 봐도 무방했다.

'뭔가 방법이 없을까?'

이대로 2백만 원 날리기는 너무 억울하단 말이다!

"자, 받아라! 오러 블레이드다!"

권경우는 이 세계의 주인공이라도 된 양 한껏 고무된 얼굴이었다.

네가 오러라면 나는 또 곡괭이질이다.

강철은 곡괭이 자루를 힘껏 움켜쥐었다.

그 순간이었다.

"오러… 블레이드으으으!"

놈이 진지한 표정으로 몸을 웅크리더니, 곧바로 허공을 나는 날다람쥐처럼 사지를 쫙 폈다. 그러자 검에 서려 있던 검기가 화악 강철에게 날아들었다.

강철은 곧바로 손을 번쩍 들었다.

피해 봐야 답 나오는 거 아니다. 어차피 가진 건 곡괭이 하나인 거다.

"죽기 아니면 까무러치기다!"

강철은 이를 악물고 날아드는 검기를 향해 곡괭이를 휘둘렀다.

쐐애액! 까아- 앙!

강철의 곡괭이가 검기의 정중앙에 내리꽂혔다.

'끄윽!'

레벨 차이일까? 검기를 찍은 곡괭이로부터 감당하기 어려운 고통이 달려들었다. 뼈마디가 어긋나고, 인대가 끊어지는 듯한 통증이었다.
 게임을 뭣 때문에, 왜 이따위로 리얼하게 만든 거냐?
 "끄아아!"
 검기와 맞선 곡괭이를 던져 버리고 싶은 마음이 굴뚝같았다.
 해 봐! 해 보라고!
 "으아아!"
 손목이 부러지든, 팔뚝이 부러지든!
 "끄아아!"
 내가 이걸 놓을 것 같아!
 강철이 악착같이 곡괭이를 움켜쥔 채로 버티고 있을 때였다.
 콰아앙-!
 엄청난 충돌음이 터져 나오고, 곧바로 온몸을 찢는 듯한 끔찍한 고통이 거짓말처럼 사라져 버렸다.
 뭐지? 이건 또 뭐야?
 퍼뜩!
 고개를 든 강철의 시선에 거대한 팔뚝이 들어왔다.
 "찰스?"
 놈은 어쩐 일인지 상상하지 못했던 비장한 얼굴로 강철의 앞을 막아서 있었다.

제6장

각성진화를 수행하시겠습니까?

렙업하는 마왕님

 찰스는 뒤를 돌아보지 않았다. 덕분에 뒷모습을 오래 바라봐야 했다.
 넓은 어깨부터 잘 발달된 광배근까지.
 그냥 넘겼던 뒷모습이 오늘따라 진짜 멋있어 보였다.
 찰스가 주먹을 쥐어 보이자 한참을 분 풍선처럼 팔뚝이 부풀어 올랐다.
 저걸로 땅 파면 집 하나가 뚝딱 나오는데…….
"와라."
 찰스의 말 한마디에 권경우가 침을 꿀꺽 삼켰다.
"오해가 있으신 거 같은데요."
 권경우는 오해를 몹시 풀고 싶은 눈빛이었다. 그러나 찰스는 놈의 말에 귀 기울이지 않았다.

"강철을 건드렸으면 그 대가를 치러라."

"저놈이 뭐라고……."

찰스는 더 들을 것도 없다는 양 주먹을 휘둘렀다.

퍽!

빠른 공격은 아니라서 팔을 들어 막을 순 있었다.

"으헉!"

막긴 막았으나, 놈의 입에서 비명이 터져 나왔다.

저런 주먹은 무조건 피했어야 했다.

막아도 맞은 거랑 똑같다. 저런 주먹은.

"스피츠 님이 선택한 남자다."

찰스는 잔뜩 사나운 얼굴로 달려들었다.

팔을 뒤로 젖히자 권경우는 얼른 몸을 날리려 했다. 막아 봐야 소용없단 거 몸으로 체득한 거다.

공격을 해 오면 일단 도망가는 게 답이라, 놈은 뒤도 돌아보지 않았다.

펄쩍! 펄쩍!

펑! 펑! 펑!

"강철을 공격하는 건 스피츠 님을 거스르는 일이다!"

주먹질이 빗나갈수록 찰스의 주먹은 위력을 점점 더하고 있었다.

강철은 고개를 갸웃하며 그 모습을 바라봤다.

'뭐? 날 때리는 게 스피츠를 어쩌고 저째?'

그게 무슨 말인지 알지 못했으나, 강철은 찰스를 응원했다.

응원이 없어도 이기는 데 큰 무리 없을 거 같았지만, 어쨌건 그랬다.

쾅-! 쾅-!

찰스의 주먹이 점차 매서워졌다.

"헉헉!"

숨이 턱밑까지 차오른 권경우는 발까지 무뎌져 더는 답이 없어 보였다.

부우웅!

찰스의 주먹이 정면으로 날아갔고, 칼을 들어 방어하는 듯싶었으나 답 없는 일이었다.

퍼어억!

"쿨럭!"

놈의 입에서 비명과 피가 동시에 터져 나왔다.

이미 승부는 났다. 그런데도 찰스는 자비가 없었다.

놈의 위로 달려들어서는,

콱!

놈의 가슴팍을 깔고 앉은 자세로,

펑! 펑! 펑! 펑!

머리통에 폭탄을 투하하듯 주먹을 내리꽂았다.

올라탄 것도 모자라 도망을 못 가도록 멱살까지 꽉 쥔 채였다.

"살려 듀세……."

퍽퍽퍽퍽-!

"스피즈 님을 모독한 대가, 목숨으로 갚아라."

강철은 저만치 뒤에서 저놈이 언제 스피즈를 모독하긴 했었나, 머리를 긁적였다.

이 분위기에선 찰스가 그렇다면 어지간해선 그런 거니까.

"꺼억!"

놈은 트림과 비슷한 소리를 끝으로 쓰러져 버렸다. HP 포인트가 0이 된 걸 보니 죽은 게 틀림없었다.

"찰스한테 걸리다니, 너도 재수 오지게 없는 놈이구나."

오러 블레이드를 쓰던 녀석이다.

게임 센스는 차치하고라도, 고렙 스킬을 쓸 수 있단 사실만으로 이미 승부는 갈린 거나 다름없었다.

게임 센스고 지랄이고 레벨이 깡패인 세계다. 여기서 마왕 해 먹으려면 좋든 싫든 레벨 업이 우선이다.

'이 악물고 곡괭이질 해야지, 별수 있나.'

각오를 다진 강철은 조용히 찰스를 바라봤다. 밧줄 내렸다가 반응 없자, 그 높은 데서 뛰어내린 놈이다. 조금 쑥스러워도 고맙다는 말을 꼭 하고 싶었다.

그러나 찰스는 회한에 잠긴 눈으로 먼 곳만 바라봤다.

옛 주인이었던 스피츠를 떠올리는 중이었으나, 강철로선 무슨 중요한 일이 있겠거니 미루어 짐작할 뿐이었다.

"혼자만의 시간도 필요한 거니까."

강철은 쓰러진 놈에게로 방향을 틀었다.

찰스! 날 봐줘! 뒤에서 마냥 기다리기는 뭐해서였다.

"흠흠."

강철은 얼른 13강 템에 시선을 두었다.

번쩍!

고놈 참, 빛 한번 영롱했다.

15강까지도 직접 껴 본 강철이지만, 그건 마계 전용에 거래 불가라는 제한이 있었다.

한데 이건 다르다.

이계에서 착용이 가능한 데다, 13강이라 좀 별로다 싶으면 바로 경매장에 내놓는 게 가능하다.

남의 아이템을 빼앗아 경매장에 내놓는 일.

딴 놈이 하면 비매너 플레이지만, 강철이 하면 달랐다.

"난 마왕이잖아."

<u>흐흐흐!</u>

강철은 흡족한 미소를 지어 보였다.

사실 강철의 말이 마냥 틀린 건 아니었다.

레이드 몹 하나 두고 유저들 떼로 달려들어 다구리 놓는 건 매너 플레이고, 마왕이 유저 잡아서 템 뺏으면 그건 비매너 플레이인가?

"그딴 거 난 모르겠고, 일단 눈앞에 템 있으면 난 줍는 거야."

레이드 몹이 죽으면 아이템을 떨구듯, 유저들 또한 죽으면 뭔가 떨궈야지!

강철은 약탈이란 개념을 그렇게 이해했다.

"먹어지나?"

찰스가 죽인 걸로 인식되면 못 먹을 거고, 강철의 기여가 인정되면 먹을 수 있을 거다.

아무 시체에나 약탈을 할 수 있으면 마왕 안 하고 묘지 뒤지는 게 이득이다.

그 정도는 넥씨도 예측했는지 기여도 시스템을 만들어 두었다.

띠링!

[+13 바스타드 소드.]

[약탈하시겠습니까?]

당연하지!

강철이 고개를 끄덕이자 메시지창이 사라졌다. 강철은 침을 삼키며 다음 메시지창을 기다렸다.

2초나 될까? 실제론 1초도 안 될 거다. 잠시간의 텀이 정말 길게 느껴지던 그때였다.

[기여도를 인정받았습니다.]

[약탈에 성공하셨습니다.]

정말?

강철은 믿기지 않는다는 얼굴로 얼른 인벤토리를 열어 보았다. 그러자 정말이지 떡하니 13강 바스타드 소드가 인벤토리에 들어와 있는 게 아닌가?

"13강이다! 13강!"

우와아!

카이안에서 강화 템 수도 없이 만져 봤지만 이건 또 다른 느낌이다!

거기서 20강 하는 게, 여기 11강보다도 싸다.

그래서일까? 13강 템 얻은 게, 거기서 세 자릿수 아이템 얻은 것보다 더 좋은 것만큼은 확실했다.

강철은 들뜬 마음에 얼른 템을 착용해 보았다.

"역시 고강화답구만. 공격 관련 능력치가 무진장 상승했어."

그것도 근력과 민첩이 45씩이나!

"ㅎㅎㅎ!"

그뿐만이 아니었다.

[플레이어 스킬 '약탈'의 최초 개방 보상이 주어집니다.]

그래. 뭐든 처음은 이렇게 기념을 해 주는 게 맞다.

강철은 얼른 다음 메시지를 기다렸다.

[보상을 선택하여 주십시오.]

보상이란 말에 강철은 몹시 집중하여 화면을 노려봤다.

13강과는 비교할 수 없는 수준의 템들이었지만, 인터넷 설치하고 사은품을 고를 때처럼 신중했다.

사은품만의 맛이란 것도 있는 거니까.

보상 중 최상품 템은 하나도 없어서, 미래를 보고 뭔가를 고르는 건 바보 같은 일이었다.

덕분에 당장 효과를 볼 수 있는 게 뭐 있을까 고민했는데, 답은 의외로 간단했다.

"곡괭이질 지긋지긋하다만, 뭐 어쩌겠냐."

[+10 인챈트 곡괭이.]

곡괭이에 뭔 강화를 10개나 해 놨냐.

11강화부터 아이템이 깨지는 대신 능력치가 배로 불어난다.

아이템이 보전되는 10강화는 그래서 큰 변화를 기대하기 어렵다.

"그래도 생곡괭이보다야 낫지, 뭐."

강철이 곡괭이를 선택하자 인벤토리창에 곡괭이가 들어왔다.

강철은 얼른 꺼내 보았다. 10강이라 큰 기대를 안 했건만, 예상은 보기 좋게 빗나갔다.

곡괭이 대가리가 사람 팔뚝만큼 두툼했는데, 날이 있는 부분은 칼끝처럼 예리했다.

솜씨 좋은 대장장이가 공을 들여 만든 게 분명해 보였다.

그뿐만이 아니었다.

아이템 설명을 보니 단단하기로 소문난 흑단을 통으로 짜 곡괭이 몸통을 만들었다고 했다.

아무리 휘둘러도 부러지지 않을 거라는 말을 덧붙인 것 보니, 만든 이의 자부심이 고스란히 전해졌다.

"그래도 제일 좋은 건 손잡이군."

강철은 곡괭이질을 할 때면 늘 목장갑을 찾았었다.

지금은 굳은살이 생겨 나름 버틸 만하지만, 그래도 10시간이 넘어가면 아직도 목장갑이 간절한 게 사실이다.

그런데 이 곡괭이는 손잡이가 가죽으로 덧대어져 있었다.

소가죽이라는데, 손을 덜 아프게 만들 효과보다는 이렇게 신경 써서 만든 곡괭이를 휘두른다는 사실만으로 기분 좋아지는 거였다.

"호호! 13강 템도 좋지만, 곡괭이는 곡괭이대로 참 기분 좋군."

13강 템이 가끔 꺼내 쓰는 만년필이라면, 곡괭이는 매일 잡고 살 샤프 같은 거다.

가격은 얼마 되지 않더라도 당장 노가다에 쓸 수 있다고 생각하니, 그거 나름의 기쁨이 있었다.

"당장 돈이 급한 건 아니니까 바스타드 소드는 일단 창고에 넣어 두자. 곡괭이야 당연히 오늘부터 사용하는 거고."

조금씩 성장하고 있다.

마음 같아선 큰 걸음으로 계속해서 나아가고 싶지만, 게임 그렇게 만만하게 보면 안 된다.

어쨌거나 확실히 성장했고, 앞으로는 그보다 큰 성장을 기대할 수 있다.

"그거면 된 거지, 뭐."

강철이 지금의 상황에 만족을 표할 때였다.

"축하하네."

오랜 시간 뒷모습만 보여 주던 찰스가 나직한 말과 함께 뒤를 돌아보았다. 웃음을 머금고 있었지만 어딘가 모르게 처연한 느낌이 들었다.

전과 분명 느낌이 달라졌는데, 강철은 그게 무엇인지 설명할 수 없었다.

"멋진 곡괭이를 얻었군."

"덕분에. 고맙단 말을 먼저 하고 싶었는데, 혼자만의 시간이 필요한 거 같아서."

"혼자만의 시간?"

찰스는 잠시 고개를 들었다.

아, 저 표정 지어서 아까 말 못 붙인 거였는데.

또 시작되나?

그러나 강철의 우려와 달리 찰스는 이내 미소를 지었다.

"앞으로 이런 위기가 찾아오거든, 내 언제든지 달려가지."

오랜 시간 절대자로 군림하던 강철이다. 누구 도움받고 이런 일에 익숙한 사람 결코 아니다.

강철은 찰스의 마음만 받기로 하며 고개를 끄덕였다.

"뭔 일 있는 건 아니고?"

달라진 분위기, 처연한 눈빛, 거기다 대뜸 지켜 주겠단 말까지.

강철은 기분이 이상해, 혹시나 하고 물은 거였다.

"뭔 일은 무슨."

찰스는 그 큰 팔뚝을 좌우로 흔들었다.

별일 아니라는 듯 손을 젓는 거 같았는데, 저기 맞아도 꽤나 아프겠단 생각이 먼저 들었다.

"그냥 내가 잊고 살았던 일들이 떠오른 것뿐인데, 나도 모르게 감상적이 된 모양이로군."

뭐, 누구나 다 아픈 상처 하나쯤은 가지고 있는 법이니까.

강철은 궁금해하는 자체가 실례가 되진 않을까, 찰스가 먼저 말을 꺼내기 전까진 묻지 않기로 했다.

찰스 또한 강철의 태도에 담긴 배려를 직감한 탓인지 가볍게 미소를 지어 보였다.

"대단한 건 아닐세. 그러니 걱정하지 않아도 돼."

"걱정은 무슨 걱정. 혹시나 한 거지."

"후후!"

"호호!"

강철과 찰스는 서로 비슷하게 웃음을 흘렸다.

꺙! 까- 앙!
강철은 어김없이 곡괭이를 휘둘렀다.
업그레이드된 곡괭이를 휘둘러서 그런지 작업 효율도 좋고, 레벨도 쭉쭉 오르는 듯했다.
"이젠 그 폼이 완전히 자리를 잡았구만."
찰스는 강철의 옆에서 코치를 하는 중이었다.
스스로 잘하는 강철이라 더는 가르칠 게 없었지만, 곡괭이질을 지켜봐 주는 일만으로 나름의 도움이 될 거란 생각에 옆을 지키는 중이었다.
"좋은데?"
강철이 곡괭이를 휘두르며 히죽 웃었다.
"뭐가?"
"곡괭이. 새 거라서 좋다고."
뻔한 곡괭이질, 그 지겨운 걸 지켜봐 줘 좋다는 말이었다.
마음속으로 한 건데, 입 밖으로 튀어나와 버릴 건 뭐람!
그래서 강철은 그냥 새 곡괭이가 좋다고 말을 얼버무려 버렸다.
그러나 찰스는 그런 말엔 별 관심이 없는 듯 강철의 곡괭이질만 뚫어져라 바라봤다.

"늘었어. 정말 많이 늘었어."

"늘어야지. 몇 날 며칠을 이 짓거리만 했는데."

마왕으로 취직해서 사람 썬 날보다 땅 판 날이 몇 곱절인데, 당연히 늘어야지!

"아니, 그 정도가 아니야. 이젠 자네 고유의 폼으로 정석을 다 따라잡았어."

누구에게도 부끄럽지 않을 만큼 노력했다. 굵은 땀방울만 물탱크 가득 메울 정도로 흘렸다.

정석을 다 따라잡았다는 말을 들었을 때 그래서 더 담담했다.

"정석을 넘어선 기분마저 드는군."

"나도 조금씩 효율을 체감하는 중이었어."

"흐음! 이렇게 되면……."

찰스가 턱을 괸 채 몹시 진지한 표정을 지었다. 강철이 아는 찰스는 저런 표정 잘 안 한다.

"자네, 이제 그만 스피츠 님에게 가 보는 게 어떤가?"

어쩐지 좀 이상하더라니만, 이건 또 뭔 소리야?

강철의 눈이 휘둥그레졌다.

이제 그만 스피츠에게 가 보는 건 어떻냐니?

지하로 찾아오라고 해서 땅 파고 있던 거다. 가고 싶어서 갈 거였음 벌써 갔겠지.

"갈 방법은 얼마든지 있네."

"땅 파는 거 말고도?"

"마법진을 통해 가는 걸세."

케인이 말하길, 마법은 드래곤이 꽉 잡고 있다고 했다.

포탈을 뚫고 싶어도 드래곤의 마법 때문에 포기해야 할 정도라는 거다.

안 그랬음 미쳤다고 땅 팠겠나. 포탈로 편히 갔지.

"마법진은 돼?"

"내가 한다면."

저렇게 두꺼운 팔뚝으로 말하니까 신뢰가 안 가네.

대신 땅 파 주는 거면 모를까, 마법진은 좀…….

"스피츠 님이 계신 곳이라면 갈 수 있지."

"흐음."

그게 어떻게 가능한지는 모르겠다. 스피츠에게 간다는 걸 이제 안 것도 아닌데, 느닷없이 오늘에서야 마법진을 열어 준다는 이유도 알 길은 없다.

혼자만의 시간이 필요해 보였던 그때, 찰스에게 무슨 심경의 변화가 있었나 보다 짐작할 뿐이었다.

"스피츠가 마법진을 못 그려서 나보고 땅 파고 오라는 건 아닐 테고?"

"그럴 리 없으시네."

"자기가 오면 금방인 걸, 그게 귀찮아 나보고 땅 파서 오라고 할 리도 없는 거고."

"흐음."

"만나는 게 목적이었으면 먼저 포탈을 열어 줬겠지. 아님 그쪽에서 찾아오든가. 그럼에도 퀘스트까지 줘 가며 땅을 파서 오라는 거면 그만한 이유가 있지 않을까?"

곡괭이질 10시간 넘어가면 '내가 이 짓을 왜 해야 하는 거지?' 스스로에게 물을 수밖에 없다.

그때 내린 답이 이거였다.

스피츠가 단세포 동물이 아니라면 굳이 이렇게 오라고 한 이유가 있을 거다.

거기다 그걸 이뤄 냈을 때 합당한 보상까지 준비해 놨을 거고.

그렇게 생각하면 지금껏 한 게 아까워서라도 곡괭이질을 계속해야 한다.

"편한 길이 있는데도 굳이 고행을 이어 나가겠다는 건가?"

"고생하고 싶어서 하는 놈이 어디 있어? 해야 하니까 하는 거지."

"스피츠 님이 그럼 당신의 고생을 원하고 계시다?"

"그렇게밖에 해석이 안 돼. 안 그럼 미쳤다고 땅 파서 오랬겠어?"

"그도 그렇군."

"에잇! 죽으나 사나 곡괭이질이구만."

강철은 다시 곡괭이를 휘둘렀다.

뒤에서 잠자코 그 모습을 보고 있던 찰스는,

'처음 봤을 때와 완전히 다른 사람이 되어 있구나. 정신이나 육체 어느 것 하나 나무랄 데 없이 성장해 버렸어.'

혼자 놀라움을 금치 못하고 있었다.

⸎

혹독했던 겨울밤이 오기 몇 달 전이었다.

스스로 관문이 되어 드래곤 레어를 지키던 찰스에게 명이 떨어졌다.

《안으로 들어오라.》

스피츠가 말을 하면 꼭 머리가 표백되는 기분이 들었다.

모든 것이 사라진 자리에 오직 스피츠의 말만 남은 것 같았다. 그래서 더 그의 말을 거부할 수 없는지 몰랐다.

"명령을 받들겠습니다."

거대한 레어 안, 그 안을 꽉 채울 정도의 육중한 체구가 보였다. 피보다 깊고 진한 붉은빛의 레드 드래곤이었다.

스피츠는 입을 열지 않고도 말을 건넬 수 있었다.

《이 땅에 거대한 변화가 찾아올 것이다.》

"예?"

찰스는 그게 무슨 말인지 알지 못했다. 고개만 갸웃할 뿐, 별다른 대꾸를 못한 것도 그 때문이었다.

《인간의 힘을 감당할 수 없게 될 날이 올 거다.》

찰스는 스피츠의 말에 동의할 수 없었다.

드래곤의 강력함은 인간의 그것과 비교 불가한 것이었다.

하면 자신의 주인이 겸손을 떨고 있단 말인가?

드래곤이? 그것도 레드 드래곤인 스피츠가?

아서라! 그럴 리는 절대 없다.

《빠른 시일 내에 인간들이 들이닥칠 것이다.》

"철저히 준비를 해 두겠습니다."

《네가 준비해서 될 일이라면 이런 말을 꺼내지도 않았을 거다.》

그럼 대체 왜?

《인간은 모든 것을 지배할 거다. 물론 이곳까지도.》

"절대 그런 일은 없을 겁니다. 제 두 팔로 지켜 드리겠습니다."

스피츠가 당할 정도라면 자신의 힘으로 지키지 못할 거란 거, 누구보다 찰스가 더 잘 알았다.

하지만 그렇게라도 말하지 않으면 견딜 수 없을 것 같아

각성진화를 수행하시겠습니까? • 187

서 다짐하듯 뱉은 말이었다.

스피츠도 그 마음을 모르지 않았다.

《그럴 날이 온다면 반드시 제일 먼저 이곳 레어를 떠나라.》

찰스는 전혀 그럴 마음이 없었다.

산화해 버리는 한이 있더라도 가장 선두에 서겠노라 몇 번이고 되뇌었다.

《인간의 침범을 막는 게 중요하다면 그 일을 너에게 맡겼을 것이다. 하나 그건 의미가 없는 일이다.》

"……."

《이 땅의 질서는 재편되어야 한다.》

"스피츠 님에게 허락된 권능이라면……."

《아니, 그 정도까지의 능력은 내게도 허락되지 않았다.》

이 땅의 모든 존재를 죽이는 일은 가능할는지 모른다. 모든 드래곤이 힘을 합치면 불가능하지만은 않을 것이다.

하나 이 땅의 질서 자체를 바꾸는 일은 그런 식으론 불가능했다.

찰스도 그걸 모르지 않았다.

"스피츠 님께선 이 세계의 질서가 재편되길 꿈꾸시는 겁니까?"

《내가 꾸는 꿈은 아니다.》

"그렇다면?"

《훗날 등장할 이의 꿈이겠지.》

 스피츠 님에게 이 정도 말을 들을 수 있는 자가 정말 이 세계에 존재한단 말인가?

 존재한다면 이미 위명을 떨쳤어야 정상일 텐데…….

《말했잖은가. 후에 등장할 거라고.》

"그럼 스피츠 님보다 대단한 존재가 탄생할 거란 말씀이십니까?"

《때가 되면 알게 될 것이다.》

 찰스가 아는 한 스피츠는 언제나 옳았다. 인간들처럼 가벼이 이야기할 위인이 아니란 것쯤 누구보다 잘 알았다.

"후우……."

 도무지 이해가 안 되는 말도 깊은 한숨 한 번으로 가슴에 우겨 넣어야 한다.

 그것이 찰스가 스피츠를 이해하는 방식이었다.

 ⤴

 찰스의 시선이 강철에게 가 닿았다.

"후우……."

 뭐 잘못했나? 왜 대놓고 한숨을 쉬어?

 강철은 뻘쭘한 얼굴이 되었다. 하긴 면전에다 대고 한숨 푹푹 쉬면 누구라도 뻘쭘할 거다.

"내가 왜 그 생각을 못 했는지 모르겠군."

저 인간, 또 시작이다.

구덩이에 뛰어든 순간부터 세상 진지해져서 그런가 보다 했더니, 아주 그냥 감성 소년 다 되셨다.

"뼈에 새겨 기억할 것처럼 말씀드려 놓고 1년 만에 다 잊고 살았구나. 스피츠 님께 퀘스트를 받았다는 말을 들었던 순간에 바로 떠올렸어야 했거늘."

뭐래?

찰스는 혼자 세상 진지한 표정을 하고 있었으나, 녀석이 무슨 말을 하든 어느 것 하나 이해되는 게 없는 강철이었다.

"아, 찰스."

"······?"

"그때 준 퀘스트 있잖아. 보석 배달해 달라던 거."

찰스는 고개를 끄덕였다.

"보상으로 찰스의 보석을 받는다고 했잖아."

"그랬지."

"읍읍!"

강철은 제 입을 틀어막았다.

원래는 '우리 사이에 뭘 주고받는 것도 웃기고, 그냥 해 줄게. 보석 받아 봐야 뭐하냐, 그거.'라고 말하려 했었다.

그러나 급작스레 몰아치는 민망함, 낯간지러움, 쑥스러움 덕분에 강철은 얼른 입을 틀어막은 거였다.

입을 막았기에 망정이지, 듣지 말라고 찰스 귓방망이라도 잘못 때렸으면…….

어휴!

어쨌거나 잘됐다. 굳이 그런 말 입 밖에 내서 뭐하겠나. 그때 가서 찰스가 준다고 해도 안 받으면 그만인 거다.

'근데 내가 지금 NPC한테 뭔 생각을 하고 있는 거야?'

그때 한 번 구해 줬다고 NPC와 무슨 우정이라도 나누겠다는 건가?

강철은 뭔가 좀 이상하다고 생각했지만,

'그래도 구해 준 건 구해 준 거니까.'

보답하고 싶은 마음이 나쁜 건 아니잖아?

강철은 혼자 고개를 끄덕였다.

꿍!

정확히 147레벨이 되었을 때, 곡괭이가 더는 박히지 않았다.

강철은 그제야 고개를 들었다. 아무 생각 없이 곡괭이질을 이어 가던 강철이 주위를 살핀 거다.

"후우… 후우……."

숨 쉬기가 버거울 정도로 어마어마한 열기가 땅에서 뿜

어져 나왔다.

몸이 땀으로 범벅된 건 기본이고, 쿵! 쿵! 콧속에 가득한 먼지를 빼내려 머리가 띵할 때까지 코를 풀어야 했다.

강철은 뒤를 돌아보았다. 뒤에 서 있던 찰스가 고개를 끄덕였다.

"이제 더는 곡괭이질로 뚫을 수 없는 지점까지 내려온 게야."

"그럼 네 주먹으론 뚫을 수 있어?"

찰스는 대답 대신 주먹을 움켜쥐었다.

그러곤,

부웅!

힘껏 주먹을 휘둘렀으나,

텅!

손이 튕겨져 나올 뿐 별다른 소용이 없었다. 아까 곡괭이로 내리칠 때와 같은 소리만 터져 나온 거다.

"내 주먹이 뚫을 수 없다면 곡괭이도 무리야. 내 보장하지."

저 팔뚝을 보고 있노라면 그 말이 맞겠거니, 고개를 끄덕일 수밖에 없었다.

하긴 누가 봐도 저 팔뚝이 곡괭이보단 강해 보였으니까.

"이 순간을 위해 스피츠 님이 자넬 땅속으로 부른 건지도 모르겠군."

이 순간만 위해 부른 거면… 젠장! 여기까진 포털 좀 열어 주지 그랬냐?

"그래서?"

"이곳을 뚫어야 하는 걸세. 그게 1차 테스트쯤 되겠군."

"염병."

하여간 파 내려가는 거 엄청 좋아한다. 스피츠 놈의 일관성만큼은 인정해 줘야 할 거 같았다.

"그럼 이젠 뭘 어째야 하지? 곡괭이로는 안 된다는 거잖아."

강철의 말에 찰스는 어깨를 으쓱해 보였다.

하긴 찰스라고 뭐 뾰족한 수가 있을 리 없는 거다.

그럼 뭐 어쩌라고?

그때였다.

띠링!

[각성진화를 수행하시겠습니까?]

시키지도 않은 시스템 메시지가 날아들었다.

각성진화? 이건 또 뭔 소리여?

강철이 찰스를 바라보자, 찰스도 금시초문이란 표정이었다.

강철은 얼른 시스템창을 열어 보았다.

띠링-!

[퀘스트창을 오픈합니다.]

"뭐야? 시스템창을 열라니까 퀘스트창이 떠 버리네?"
"퀘스트?"
"스피츠가 준 퀘스트가 뜨는데?"
순간, 스피츠란 말에 찰스의 눈이 휘둥그레졌다.
"스피츠 님이 준 퀘스트가 뜨다니?"
말 그대로다. 각성진화가 뭔지 알아보려 시스템창을 열었더니, 퀘스트창이 떠올랐다. 각성진화가 퀘스트와 관련돼 있다는 뜻일 거다.
"호, 혹시 스피츠 님의 안배?"
찰스는 제 말에 지가 놀라 입을 쩍 벌렸다.
쟤는 스피츠란 말만 나오면 꼭 저러더라.
강철은 이제는 그냥 그러려니 하는 중이었다.
"각성진화가 뭔데?"
시스템창에 물은 거였다.
과연, 답이 있기 전에 먼저 '마룡 스피츠의 부름' 퀘스트가 떠올랐다.
그러자 찰스가 세상 진지한 얼굴로 나왔다.
[곡괭이를 다음 단계로 각성진화 하실 수 있습니다.]
말은 멋있는데, 결국 곡괭이질 계속하란 말 아냐?
밭 가는 데 소 쓰다 경운기 타면 편하기는 하겠다만, 농사일 한다는 건 매한가지잖아!
"뭘 기대를 하겠냐."

강철은 작게 한숨을 내쉬었다. 하지만 그러한 반응도 잠시, 강철은 이내 눈을 빛냈다.

기왕 시작한 거니까.

애초에 안 했으면 몰라도, 어차피 삽을 뜬 거라면 공들인 시간이 아까워서라도 끝장을 보는 게 맞다.

"그래서 뭘 하면 되는데?"

[강철 님의 곡괭이가 각성-진화 요건을 충족하였습니다.]

[각성진화 시 곡괭이의 숙련도가 계승됩니다.]

[곡괭이는 각성 시 사이드(Scythe)로 진화합니다.]

사이드? 사이드라면 많이 봤다.

왜 있잖은가. 사신처럼 으스스하게 생긴 놈들이 들고 다니는 기다란 낫, 그게 사이드다.

"그럼 이 곡괭이가 사이드가 된다고?"

"곡괭이에서 쌓은 숙련도가 사이드에 반영된다는 거 같군."

그러나 찰스는 잘 이해가 가지 않는다는 듯 고개를 갸웃했다.

"곡괭이는 기본 장비인 데 반해, 사이드는 공격 장비야. 한데 그렇게 해도 문제가 없는 건가?"

찰스의 물음에 시스템창은 몇 번이고 혼자 번쩍였다.

그리고 잠시 뒤, 찰스 앞에 홀로그램을 하나 띄워 놓았

각성진화를 수행하시겠습니까? • 195

다. 허공에 손바닥 문양의 그래픽창이 하나 떠오른 채였다.

찰스는 그것을 유심히 바라보다, 곧 자신의 손을 거기에 가져다 대었다.

뭐야, 저건? 영화 E.T도 아니고.

찰스는 홀로그램에 손을 맞추곤 아무 말도 하지 않았다.

그렇게 얼마간의 시간이 흘렀을까? 홀로그램이 사라지고, 시스템창이 그 뒤를 따랐다.

그러곤,

[NPC에게 정보 공유를 완료하였습니다.]

메시지가 떠오른 거다.

"찰스, 뭔 일이야?"

"이제부턴 내가 설명해 주도록 하지."

방금 전까지만 해도 아무것도 모르겠단 표정을 지어 놓고, 이건 또 뭔 소리야?

아! 아까 허공에 손을 가져다 대더니, 이 일에 관한 정보를 전송받기라도 한 건가?

하긴, 찰스야 NPC이니 불가능한 일이 아닐 수도 있겠다.

"가장 중요한 건 숙련도일세."

시스템에게 듣던 걸 찰스에게 들으려니 기분이 이상했다.

"곡괭이는 기본 장비인 데 반해, 사이드는 공격 장비로 분류되지. 그러니 보정이 좀 들어갈 거야. 대략 50퍼센트 정도 적용받을 수 있을 걸세."

찰스는 모든 시스템을 파악한 듯 힘 있는 목소리로 답했다.

어쨌거나 곡괭이 숙련도를 가져가고, 사이드 숙련도로 바꿔 준다는 거다. 보상 판매랑 비슷했다.

"자네 곡괭이질을 살펴보게. 일단 MAX로 표기가 되어는 있겠지만, MAX라고 다 똑같은 수치는 아니라네."

곡괭이질 MAX는 언제 적에 찍었는지 기억도 잘 안 난다.

그 뒤로도 한없이 곡괭이질을 이어 갔으니 MAX로 뭉뚱그릴 게 아니라, 정확한 수치로 보정받는 편이 여러모로 유리할 거였다.

"어쨌거나 자네에겐 좋은 일일세."

좋은 건 나라며, 왜 네 눈이 촉촉해졌냐?

"무의미해 보였던 곡괭이질에 이러한 안배가 숨어 있을 줄이야. 역시 스피츠 님이란 말밖엔……."

잠잠하나 했더니, 이 인간 또 감성 소년 되셨다.

놔두면 하루 종일 저 표정일 거 같더니만, 찰스는 억지로 표정을 지웠다. 아직 못한 말이 남은 모양이었다.

"무기 숙련도엔 한계치가 없네. 쌓으면 쌓을수록 한없이 강해지는 게야."

곡괭이질 충분히 했으니, 이제는 사이드나 휘두르라는 소리구만.

"자네가 곡괭이질에 흘린 땀을 봐 온 나로선 자네가 무기 숙련도로 어느 정도나 보정을 받을 수 있을지, 그게 제일 궁금하군."

"어쨌건 곡괭이에서 사이드로 각성진화를 하면 이 바닥쯤 뚫을 수 있다는 소리지? 그래야 그걸 하는 의미가 있는 거잖아?"

"내가 장담할 수 있는 건 딱 한 가지야."

얼굴에 감성이 덕지덕지 붙어 있는 거 보니…….

"자넬 이곳으로 부르신 데 대한 나름의 의미가 있다면, 각성진화는 반드시 거쳐 가야 할 관문 중 하나란 것만큼은 확실하네."

스피츠 얘기할 줄 알았다.

하여간 각성진화는 피할 수 없단 거잖아?

재고 따지고 할 거 뭐 있나. 일단 해 보면 될 일이다.

막말로 곡괭이질이 무기 숙련도로 변한다는데, 손해 볼 일 없는 거다.

"그럼 어떻게 하면 되지?"

"이리 와 보게."

찰스는 그 큰 팔뚝으로 자신의 발 앞을 가리켜 보였다.

제7장

뭐해요? 강화하자면서

렙업하는 마왕님

강철은 찰스가 가리킨 곳으로 나아갔다.
"자네는 각성진화에 필요한 포인트를 차고 넘치게 쌓았네."
"곡괭이질?"
찰스는 고개를 끄덕였다.
새삼스럽게, 뭐.
그 얘긴 아까 충분히 들었으니까.
"다른 게 필요한가 보네? 바로 안 해 주는 걸 보니까."
찰스의 표정이 그랬다. 가능할 것 같았으면 벌써 해 줬을 텐데, 못내 아쉬운 표정을 하고 있는 걸 보니 대충 무슨 말을 할지 예상이 되는 거다.

"각성진화에는 두 가지가 필요하네. 하나는 이미 충분히 갖췄어. 그다음이 문제인데······."

"뭔데?"

"각성의 조각이 필요하네."

굉장한 노가다를 해야 할 거 같은 기분이 드는구만.

"고생을 좀 해야 하네."

불길한 예감은 피해 가질 않는다.

그냥 그러려니 할 때도 됐다. 이왕 하기로 한 거니까.

"그건 어디서 구하는 건데?"

"이계."

"갑자기 이계는 또 뭐야?"

"각성의 조각은 이계에서만 발견할 수 있다는군."

염병! 이계에서 쓸 수 있는 템이라곤 13강 검이랑 지금 들고 있는 곡괭이 딱 둘인데!

"이계로 통하는 마법진을 그려 주겠네."

"가서 곡괭이질 해야 되는 건 아니지?"

"왜 아니겠는가?"

그래. 왜 아니겠냐.

기대한 게 등신이지.

강철은 머리를 벅벅 긁었다.

"아, 참고로 각성진화 다음, 2차 각성진화 단계도 있는 모양이네."

"그건 또 뭔데?"

"아직 정보가 주어지지 않았어. 단지 2차 각성진화라는 창이 물음표와 함께 떠 있을 뿐이네."

"하아!"

"각성진화 시 각성의 조각 300개가 필요하고, 2차 각성진화 시 1,000개가 필요하다고 쓰여 있군. 이왕 가는 거니 자네답게 1,300개 한 번에 들고 오는 것도 방법이겠어."

말은 참 쉽다.

"어쨌거나, 나보고 유저들 다 있는 이계에서 곡괭이질 하라는 거 아냐?"

"그렇지."

"유저 놈들이 나를 발견하고 공격을 할 수도 있는 상태일 텐데도?"

"용사 놈들의 호전적인 성격을 생각하면 충분히 가능한 일이네."

정신줄 놓고 곡괭이질만 했더니, 긴장 좀 하라고 유저들 틈으로 보내려는 모양인데……. 이것들이 아주 그냥 창의적으로 굴려 먹을 생각이구만!

"해 보겠나?"

"뭘?"

"이계로 넘어가는 일."

해야지, 별수 있어?

강철이 마음을 정하고 고개를 끄덕이려 할 때였다.

띠링-!

[각성진화-곡괭이 퀘스트가 발동되었습니다.]

[각성진화 시 곡괭이 숙련도가 사이드 숙련도로 보정-계승됩니다.]

[퀘스트 조건:각성의 조각 300개를 획득하라.]

[퀘스트 보상:베인의 사이드.]

[아이템 설명:에픽 아이템, 이계에서 사용 가능합니다.]

[퀘스트를 수락하시겠습니까?]

그래. 이왕 하는 거 퀘스트로 확실하게 하는 것도 나쁘진 않겠다.

"수락한다."

[퀘스트를 수락하셨습니다.]

강철의 말이 떨어지기가 무섭게,

우우웅-!

찰스가 손을 내민 곳으로 둥그런 마법진이 그려졌다.

강철의 발아래였다.

⁂

송재균의 방 벽면으로 50인치 모니터 두 대가 나란히 설치되어 있었다.

하나는 스피츠를, 다른 하나는 강철을 체크하기 위해 설치해 둔 거였다.

"흐음……."

모니터를 번갈아 바라보던 송재균이 나직한 소리를 토해 냈다. 뭔가 마음에 들지 않는다는 눈치였다.

테이블 하나를 사이에 두고 마주하고 있던 개발팀장 김백준의 표정도 그리 좋지만은 않았다.

"스피츠가 일을 꾸미고 있는 게 분명하군요. 마왕을 어딘가로 유도하고 있는 게 확실합니다."

김백준의 말에 송재균은 조용히 고개를 끄덕였다.

"우리가 강철 씨를 선택했다고 생각했더니, 오히려 강철 씨를 스피츠에게 모셔다 준 꼴이 되었네요."

"그, 그렇게 되어 갈 줄은."

"생각해 둔 거라도 있으신지요?"

문책하듯 던진 질문이었다. 송재균의 표정은 변함이 없었지만 말하는 뉘앙스가 꼭 그랬다.

김백준은 살짝 긴장한 표정으로 입을 열어야 했다.

"어쨌거나 저희가 강철 씨에게 바란 건 가장 강력한 마왕 아니었습니까?"

"그렇지요."

"스피츠가 무슨 일을 꾸미고 있건, 강철 씨가 그보다 더 강력한 마왕으로 성장한다면 걱정할 게 없지 않겠습니까?"

"그런가요?"

"아무렴 스스로 생각하고 결단을 내리는 인공지능보다야, 협상이 가능한 강철 씨가 성장하는 편이 저희 입장에선 훨씬 낫지 않겠습니까?"

"저도 그렇게 생각했습니다. 강철 씨를 만나기 전까지는요."

"예?"

의아한 표정의 김백준과 달리, 송재균은 차분한 얼굴로 입을 열었다.

"강철 씨가 곡괭이질을 이어 나가는 모습을 혹시 보셨습니까?"

"예, 체크했습니다."

"아뇨. 강철 씨가 곡괭이질을 하고 있단 사실 자체만 체크하셨겠죠. 그렇지요?"

송재균은 너무도 단호했다. 그래서 김백준은 토를 달 수 없었다.

"아, 예. 그렇습니다."

"단 하루라도 그가 곡괭이질 하는 모습을 온종일 지켜보신 적이 있습니까?"

"없습니다."

송재균의 물음이니 이 정도 선에서 대꾸했지, 안 그랬음 미치지 않고서야 그걸 왜 보고 있냐고 되물었을 거다.

그런 그의 표정을 읽었는지 송재균은 가볍게 고개를 끄덕였다.

"저는 봤습니다."

"흐음."

"하루 종일 곡괭이질 하는 사람도 있는데, 그걸 보고만 있는 게 무슨 어려운 일이겠습니까?"

"그렇게 생각하실 수도 있습니다만……."

"어쨌거나 제가 불러온 사람입니다. 체크하는 건 당연한 일이지요."

"아, 예."

이해가 돼서 한 대꾸는 아니었다. 상급자의 말이기에 맞장구를 쳐준 정도였다.

"제가 본 바로 강철 씨는 보통 인간이 아닙니다."

"곡괭이질을 쉬지 않았다고 들었습니다."

"들으셨겠죠. 전 보았습니다."

그게 뭐가 중요하단 말인가?

김백준은 슬슬 짜증이 나기 시작했다.

"김백준 팀장님?"

"말씀하십시오."

"스피츠보다 강철 씨가 상대하기 쉬울 거란 판단을 내리셨다면 그에 합당한 근거를 드셔야 옳습니다."

"예?"

"강철 씨가 곡괭이질 하는 모습을 하루도 온전히 다 지켜보지 못하신 분이, '강철 씨는 사람이니 다루기 쉬울 거다' 막연히 의견을 개진하는 게 과연 옳은 일입니까?"

"죄, 죄송합니다."

"스피츠는 인간이 헤아릴 수 없는 두뇌를 지녔습니다. 예측 불허지요. 감당하기 힘든 대상임에 틀림없습니다."

송재균은 평소에 누군가를 훈계하는 성격이 못 된다.

지난 몇 년간 이런 일이 단 한 번도 없었다는 사실이 그걸 증명한다.

그래서일까. 김백준은 그의 말을 잠자코 듣고만 있었다.

"하지만 그런 스피츠도 가지지 못한 것이 있습니다. 그걸 강철 씨가 가진 겁니다."

그게 뭐냐고 묻고 싶었으나, 물을 수 있는 분위기가 아니었다. 그랬다가 '강철 씨가 곡괭이질 하는 모습을 하루라도 보셨다면 그런 질문할 필요가 없으셨을 텐데요.' 한 방 먹을 것 같단 생각이 든 거였다.

"강철 씨는 곧 각성의 조각을 모으기 위해 이계에 떨어질 겁니다. 거기서 곡괭이질을 이어 갈 예정이겠지요."

"예."

"그 모습이라도 지켜보시길 바랍니다."

"틀림없이 확인해 두겠습니다."

김백준은 멋쩍은 얼굴로 답했다. 그러나 송재균은 한마

디를 덧붙였다.

"강철 씨를 지켜보면 스피츠를 이해하실 수 있을 겁니다."

"스피츠를요?"

"개인의 거대한 의지가 어떠한 결과를 이끌어 낼 수 있을지, 스피츠도 숨죽여 바라보고 있는 거겠지요."

"후우……."

개발자님은 곡괭이질만 보고 거기까지 읽어 낼 수 있는 겁니까?

질문이 턱밑까지 차올랐으나, 송재균은 이미 의자를 돌려 창밖으로 시선을 던진 뒤였다.

↪

마법진이 데려다준 곳은 다행히도 쪼렙존이었다.

"어휴! 템도 없는데 고렙들 있는 데 떨궈 놨다간 내 돈 다 날아가지."

강철은 얼른 주위를 살폈다. 혹시나 고수 놈들이 숨어 있진 않나 살피기 위함이었다.

"조심해서 나쁠 건 없으니까."

끝없이 펼쳐진 푸른 초원으로 늑대 무리와 고블린 떨거지들이 잔뜩 포진해 있었다.

유저들은 떼로 몰려다니면서 적당한 무기를 휘둘렀다.

사냥인지, 장난인지 모를 것이 꾸준히 이뤄지는 걸 보니 전형적인 초보 구간임이 분명했다.

"딱히 눈에 띄는 놈도 없고, 안전하다고 봐도 되겠어."

그제야 안심이 된다는 양,

스읍!

강철은 크게 숨을 들이켜 보았다.

그러고는,

파-!

깊게 뱉어 보는 거다.

강철은 그걸 몇 번이고 반복했다. 그러자 이제 좀 실감이 나는 것 같았다. 땅굴 밖에 나왔다는 사실 말이다.

"이게 얼마 만에 쐬어 보는 바깥 공기냐!"

그래. 이렇게 바람 따라 풀 냄새도 실려 오고 그래야 사람 사는 동네인 거다.

곡괭이 들고 굴에 있으면 바람은커녕 흙먼지만 마셔야 했다. 오죽했으면 킁킁 코를 풀 때마다 검은 먼지가 두 손 가득 묻어 나오겠는가.

"유저 놈들은 이렇게 좋은 환경에서 꿀 빨고 있었단 말이지?"

몹 잡는다고 푸른 초원 뛰어다니는 거, 그건 취미 생활이지 노가다 아닌 거다.

유저일 땐 너무도 당연했던 것들이 지금 보니 새삼 다 감사한 것들이었다.

"내가 어쩌다 이렇게 됐는지 모르겠군."

말은 그렇게 하면서도 강철은 곡괭이를 쥔 손에 힘을 꽉 주었다.

각성의 조각 덕분에라도 당분간은 곡괭이질만 하는 거다.

지겨워도 별수 있냐. 딴소리 말고 닥치고 하자.

좁고, 어둡고, 숨 쉬기도 힘든 데서도 했는데 뭐가 문제냐?

이렇게 탁 트인 데서 곡괭이질 하는 거, 그건 복이다, 복!

"염병! 별게 다 복이다!"

말이 끝나기 무섭게 강철은 곡괭이를 휘둘렀다.

깡! 퍼- 억! 깡! 퍼- 억!

"뭐야?"

뭔 놈의 땅을 찰흙으로 채워 놨나? 왜 곡괭이가 닿기만 하면 뻥뻥 구덩이가 생겨?

마계에선 전혀 느껴 보지 못한 경험에 강철은 고개를 갸웃했다.

사실 강철이 그렇게 생각하는 것도 당연했다.

마계와 이계는 지질 자체가 달랐다. 마계에서 1미터 팔 노력이면 이계에선 5미터는 가뿐할 정도였다.

"이건 뭐 일도 아니구만?"

마계에 보석이 있다면 이계엔 각성의 조각이 있다, 이거지?

그래! 다 파 주마! 이것들아!

"으랏차차!"

강철은 미친 듯이 곡괭이를 휘둘렀다.

♪

테라 초원은 전형적인 초보 유저들의 사냥터로 유명한 지역이다.

덕분에 게임을 막 시작한 유저들로 늘 북적이는 곳이긴 하지만, 오늘은 좀 분위기가 달랐다.

웅성웅성!

테라 초원 한복판에 운석이 떨어졌다는 소문 때문에, 평소 이곳을 찾지 않던 사람들까지 무지하게 몰려들었다.

운석을 보며 소원을 빌면 다 이뤄진다나, 뭐라나.

거대한 구덩이를 중심으로 사람들이 큰 원을 그리고 서 있었다. 지름이 100미터는 족히 되었으니, 그걸 빼곡히 두르고 있는 인원이 못해도 5백은 될 터였다.

"뭐야? 운석이 어디 있다는 거야?"

"안 보여. 못 찾겠어."

"근데 저기 저 양반은 아까부터 구덩이 안에서 뭘 하고 있는 거야?"

사람들이 가리킨 곳에 이상한 거적때기를 덮고 있는 사

내 하나가 보였다.

"뭘 들고 있는 거지?"

"곡괭이 아냐?"

깡-! 깡-!

사내는 귀가 안 들리는 것처럼 구경꾼의 말 따위 아랑곳하지 않았다. 하기야 정말 못 듣지 않고서야 저렇게 아무 반응 없기도 힘들 거였다.

"혹시 저 양반이 이 구덩이를 판 게 아닐까?"

"에이, 말 같은 소리를 해라."

"끄응! 내가 말하고도 좀 말이 안 된다 싶긴 했네만."

"소드마스터가 백 명쯤 와서 동시에 오러 블레이드를 뿜어 댔다면 또 몰라. 저걸 혼자서 했다고? 그것도 곡괭이로? 자네 너무 곱게 자란 티 내는 거 같은데?"

"에이! 웃자고 한 소린데, 그렇게 면박을 줄 건 뭐야?"

"안 웃기니 하는 소리지."

운석을 보러 온 이들은 아쉬운 마음에 좀처럼 발을 떼지 못했다. 그놈의 소원은 꼭 운석을 보며 빌어야 하는 모양이었다.

꼬리

염병!

사람들 눈에 띌까 싶어 유저들 안 썰고 곡괭이질 하는 거다. 그런데 곡괭이질이 이만큼 이목을 끌 줄 누가 알았는가!

땅 파다 나온 거적때기라도 없었으면 벌써 정체가 탄로 나도 이상하지 않을 정도다.

깡! 까- 앙!

어지간히 봤으면 좀 가라.

강철은 답답한 마음에 인벤토리창을 열어 보았다.

[각성의 조각 47개.]

벌써 47개면 나쁘지 않은 속도다. 그나마 위안이 되는 건 저거 딱 하나였다.

"씁!"

쓴웃음을 지은 강철이 곡괭이질을 이어 가려 할 때였다.

"허허! 이 구멍은 운석이 떨어진 게 아니야. 이건 저 사내가 곡괭이 하나로 파 내려간 거라네."

으응?

못 듣는 척해도 귀 쫑긋하고 유저들 말 다 듣고 있던 강철이다. 만에 하나 자신을 알아보기라도 하면 얼른 튀어야 해서 그랬다.

'에잇! 누가 저따위 정확한 말을 내뱉는 거야?'

혹여 들킬까 뒤도 못 돌아봤지만, 굵직한 목소리는 또 들려왔다.

"다른 사람은 몰라도 내 말은 믿어도 되네. 허허! 나 스미든일세."

스미든? 누군데 그게?

전혀 모르겠다는 표정의 강철과 달리,

"대, 대륙 최고의 대장장이?"

"망치 하나로 대륙을 평정한 스미든 어르신?"

"운석이 없어 아쉽다 했더니, 더 대단한 분을 만나게 될 줄이야."

강철의 등 뒤로 연신 탄성이 터져 나오는 거였다.

"자네, 곡괭이 든 청년! 들리나?"

들리지, 그럼. 귀 쫑긋하고 있는데!

그래도 강철은 안 들리는 척,

까- 앙! 까- 앙!

곡괭이질을 이어 나갔다. 무시하면 적당히 포기할 거란 생각에서였다.

그러나,

"허허! 잠시만 기다리시게. 할 이야기가 있어서 그러니, 내 얼른 내려감세."

전혀 예상치 못한 답변이 들려왔다.

'노인네! 적당히 하라고!'

강철의 얼굴이 일그러졌다.

쿵쾅쿵쾅!

걸어오는 소리로 볼 때 육중한 덩치임이 분명했다.

강철은 안 들리는 척 곡괭이질을 계속했다. 그래야 관심 좀 보이다가도 그만 포기하고 돌아갈 거란 생각 때문이었다.

소리는 코앞에서 멈춰 섰다. 그러곤 한참을 아무 반응도 보이지 않았다. 옆에서 뚫어져라 보고 있는 게 분명했다.

깡! 까- 앙!

"자네, 실력이 대단하구만?"

깡!

"자네라면 날 도울 수 있겠어."

까- 앙!

"허허! 안 들리나?"

그래, 안 들린다! 그니까 그냥 좀 가라!

그때였다.

"그럼 내가 이 말을 해도 못 듣겠구만."

뭔가 비밀스런 얘기를 한다는 듯 아까보다 한껏 줄어든 목소리였다.

강철은 저도 모르게 옆을 돌아볼 뻔했지만, 꾹 참고 곡괭이질을 계속했다.

모른 척 곡괭이로 후려쳐 버릴까? 하는 생각도 들었지만, 놀라운 도덕심이 강철의 팔을 붙들었다.

쫌만 참자. 저러다 가겠지.

강철의 생각이 끝나기 무섭게,

"자네가 어디서 온지 알고 있네."

스미든이 음흉한 얼굴로 치고 들어왔다.

"마계 아닌가? 마- 계."

스미든은 부러 '마- 계' 하고 길게 발음했다.

툭.

곡괭이질이 저절로 멈춰졌다. 고개가 놈에게 향함은 물론이었다.

머리에 걸쳐 둔 거적때기 사이로 하얀 수염을 길게 늘어뜨린 드워프가 보였다. 스미든이라고 들었다.

"이제야 나랑 이야기할 마음이 생기는가?"

스미든은 누런 이를 드러내며 활짝 웃고 있었다.

이 인간은 또 뭐지? 뭔데 마계에서 왔다는 사실을 알고 있는 거야?

강철은 얼른 머리를 굴려 보았다. 머리가 채 회전하기도 전에 스미든이 먼저 입을 열었다.

"자네 곡괭이는 마계에서만 얻을 수 있는 걸세. 장비에 관한 한 내 눈을 속일 수 없지."

염병할! 이젠 곡괭이만 보고도 마계 출신인 줄 아는 거냐?

"원하는 게 뭐요?"

 강철은 몹시 작은 소리로 말했다. 모르긴 몰라도 수백의 이목이 집중된 상황이다.

"자네, 곡괭이 솜씨를 보니까 나한테 큰 도움이 될 수 있을 것 같아서 말이야."

"나 일하고 있는 거 안 보이우?"

"각성의 조각을 얻고자 하는 모양이구만. 곡괭이를 사이드로 진화시키려 함이지?"

 찰스는 이상한 홀로그램에 손 갖다 대고, 정보 공유까지 해 가며 겨우 얻어 낸 것들이다.

 이 양반은 뭔데 다 알고 있지?

"이거 왜 이래? 내 말을 허투루 들은 겐가? 나 대륙 최고의 대장장이 스미든이야. 장비에 관한 한 모르는 게 없다니까."

 아, 그러시구나.

"그래서 저한테 각성의 조각 300개쯤 줄 수 있어요, 없어요."

"허허! 각성의 조각은 거래가 불가능하네. 갖고 있어 봐야 줄 수가 없어."

"그럼 얼른 가요. 나 일해야 되니까."

"허허! 그거보다 더 중요한 일이 있대두. 나 스미든이야."

스미든인데, 뭐 어쩌라고?

강철에게 중요한 건 대륙 최강의 대장장이가 아니라, 이 지루한 곡괭이질을 멈춰 줄 각성의 조각이었다.

깡-!

"내 제자가 되고 싶다고 찾아오는 놈만 하루에도 수십 명일세."

"그건 그놈들한테 가서 자랑해요. 난 관심 없으니까."

"내 작업장 쪽에서 파는 게 각성의 조각도 훨씬 잘 나오고 좋을 텐데."

그건 차마 관심 없다고 말 못하겠다.

"거긴 보는 눈도 없어. 드래곤이 제작한 결계 덕분에 어중이떠중이는 근처에도 못 온다구."

이 양반이 점점? 사람 속을 들여다보듯 얘길 하고 그러네?

그때였다.

"스미든 옆에 있는 저 양반 말이야. 어디서 본 거 같지 않아?"

"얼굴에 쓴 저거 때문에 잘 안 보이는데?"

구덩이 위에서 웅성거리는 소리가 들렸다.

"에이, 잘 봐 봐. 저거 휘두르다 보면 얼굴이 훤히 드러날 때가 있다니까?"

"그건 그렇다 치고, 저 사람을 어디서 봐? 유명한 사람 같지도 않은데."

"그러니까, 나도 그게 잘 생각이 안 나서 자네한테 묻는 거 아냐?"

"잠깐! 그러고 보니 어디서 본 것 같기도 하고······."

"그렇지?"

딱 거기까지 들었을 때였다.

"자네, 마계 출신인 건 알았네만 유명 인사인가 보구만?"

스미든이 눈을 빛내며 물었다.

젠장! 마왕 되고 뭐 하나 쉽게 가는 일이 없다.

"영감."

"응?"

"각성의 조각이 여기보다 잘 나온다고?"

"아, 내 작업장······."

"보는 사람도 없고?"

강철은 슬쩍 고개를 들어 구덩이 위를 바라봤다.

뭔 구경났다고 수백의 사람들이 구덩이를 빼곡히 둘러싸고 있었다.

"이런 환경이 절대 아니지. 내 장담하네."

"에잇! 그래서 뭘 도와주면 되는 건데?"

강철은 거적으로 얼굴을 완전히 덮고 나서야 스미든의 뒤를 따랐다.

 웃옷을 뒤집어쓰고 카메라 앞에 선 범죄자처럼 얼굴을 꽁꽁 숨긴 채로 열심히 걸음을 옮겼다.

 "뭔 꼴이 이러냐."

 사람들의 웅성거림에서 점차 멀어질 무렵이었다.

 강철은 사람 소리가 완전히 들리지 않음을 확인한 뒤에 거적을 벗어 던졌다.

 휘- 익!

 바람이 불어왔다. 마계와는 비교도 할 수 없이 향긋한 바람이었다.

 꽃 내음이 실린 팔자 좋은 바람이 강철의 멱살을 쥐고 흔드는 것 같았다.

 레벨만 올라 봐라. 마계 안 지키고 여기 와서 애들 다 썰어 버릴라니까.

 강철이 무시무시한 결심을 하며 스미든의 뒤를 열심히 따를 때였다.

 "여기일세."

 스미든이 가리킨 곳엔 버섯 모양의 집이 있었다.

 옆으로 난 마당엔 제련에 필요한 도구들이 가지런히 쌓여 있었다.

 천재 타령하기에 뭐가 막 널브러져 있을 거 같았는데, 생각보다 깔끔하게 정리되어 있었다.

"흐음."

강철은 주위를 휘휘 둘러봤다. 초원에서 산 쪽으로 한참을 들어온 곳이라 사람이 있을 거 같진 않았지만, 그래도 확실히 해 두는 게 좋을 것 같단 생각 때문이었다.

강철의 눈빛을 읽었을까?

"드래곤이 제작한 결계가 쳐져 있다니까. 그건 걱정하지 않아도 되네."

그럼 안심이고.

"그래서 내가 뭘 도와주면 되는 거요?"

"곧 장비 하나를 수리해야 하는데, 그게 보통 일이 아니라서 말이야."

대장장이가 장비 수리를 하는데, 그게 힘들어서 도움을 받는다고? 대륙 최고의 솜씨를 지녔다며, 뭔 놈의 도움을 나 같은 초심자한테 받아?

"좀 도와주겠나?"

띠링-!

[퀘스트가 발동하였습니다.]

[스미든의 도움 요청]

퀘스트 내용:스미든의 요구에 따라 장비를 수리하십시오.

퀘스트 보상:
스미든의 제자(칭호)
현금 5,000,000원

으응?

강철은 눈을 부릅뜨고 퀘스트창을 바라봤다.

"뭐야?"

현금을 준다고? 그것도 5백을?

NPC가 어떻게 돈을 줄 수 있지?

아! 계약할 때 에픽 퀘스트에는 보상금이 있다고, 송재균이 분명 말했었다.

에잇! 그럼 빨리 말을 했어야지! 더 빨리 왔을 텐데.

유저 써는 거 말고도 이렇게 퀘스트 깨며 돈 벌 수 있었다! 허구한 날 곡괭이질만 하느라 까먹어서 그렇지.

"어떤가? 날 좀 도와줄 수 있겠나?"

스미든이 걱정스런 눈으로 물었다.

5백만 원 때문일까. 스미든의 얼굴을 뒤덮고 있는 흰색 수염이 그렇게 사랑스러워 보일 수 없었다.

"해야지, 하고말고."

[퀘스트를 수락하셨습니다.]

스미든의 얼굴에 함박웃음이 걸려 있었다.

"그래서 뭘 도우면 되는데?"

"아, 아직 할 건 없네. 의뢰인이 아직 도착을 하지 않아서 말이야."

아직 장비를 고쳐 달란 놈이 안 왔다, 이거지?

강철은 고개를 끄덕이곤,

퉤-! 퉤-!

손에 침을 뱉었다.

식탁에 앉으면 숟가락을 집는 것처럼 강철은 이제 멀뚱히 서기만 해도 자동으로 곡괭이를 쥐었다.

"어차피 시간이 빈다는 거지?"

"그렇네."

"곡괭이질 하고 있으면 되겠군."

어차피 각성의 조각은 얻어야 되니까.

"대화를 좀 하려고 했었네만……."

곡괭이질 하면서 말하는 거 뭐 어렵다고.

이젠 곡괭이 위에서 자래도 잘 수 있을 것 같은 강철이다.

뭘 하든 곡괭이를 손에서 놓는 건 사치처럼 느껴질 정도였다.

깡!

"원래 대장장이 일을 할 때 누구한테 도움을 받고 그러는 거요?"

까- 앙!

대장장이에 대해 몰라 던진 질문이었다.

살짝 자존심이 상할 수도 있는 물음을 스미든은 차분한 얼굴로 받았다.

"원래대로라면 도움 같은 거 필요가 없네만, 이번엔 좀 특이한 경우라서."

"좋은 장비를 맡게 된 건가?"

"좋다는 말로 그치기엔 장비한테 미안할 정도라네."

어쨌건 그렇게 수준 높은 장비는 혼자서 하기 힘들단 거잖아?

강철은 아까 봤던 퀘스트창을 떠올렸다.

현금 5백만 원이 책정될 정도의 퀘스트를 주는 것 보면 스미든도 보통 솜씨는 아닐 터였다.

그런 양반이 도움을 청할 정도면 도대체 어떤 장비가 온다는 거야?

"에잇! 알 게 뭐냐. 나는 곡괭이질이나 할란다."

강철은 얼른 곡괭이를 내리꽂았다.

※

마법사 랭킹 1위 아리엘은 자기 몸집보다 큰 스태프를 들고 있었다.

 매력적인 금발에 커다란 눈, 선이 곧은 콧날은 전형적인 미인상이었다.

 거기에 붉고 두툼한 입술이 더해지면 그녀 특유의 시원스런 인상이 완성되었다.

 아리엘은 화려한 외모와 어울리지 않게 낡고 커다란 잿빛 스태프를 들고 있었다.

 입술과 어울리는 붉은색 완드를 드는 편이 어울리겠지만, 아리엘은 꼭 잿빛 스태프를 고집했다.

 그도 그럴 것이, 그 스태프야말로 그녀를 마법사 랭킹 1위에서 올 클래스 1위로 올려 준 아이템이었다.

 덕분에 그녀는 하루에도 몇 번씩 아이템창을 띄웠다.

[레비아탄의 스태프]
아이템 등급:레전드리
아이템 설명:마력 +290

볼 때마다 뿌듯한 문구들이었다.
"역시 대단하다니까."
그러나 그런 그녀에게도 걱정은 있었다.

[아이템 내구도:235/4,000]

너무도 아끼는 장비의 내구도가 거의 떨어졌다는 거였다.

"얼른 고쳐야 되는데."

아리엘은 그 말과 달리 수많은 대장장이들을 그냥 지나쳐 왔다.

이유인즉, 레전드리 NPC가 수여한 장비는 레전드리급 대장장이가 나서야 했기 때문이다. 그 정도 솜씨를 지닌 이는 대륙에서 단 한 명뿐이었다.

"이 근처에 살고 있다고 했는데……."

초원을 지나, 언덕을 따라 꽤 걸어서 산까지 도달했다. 그게 벌써 한 시간 전이었다.

"왜 자꾸만 같은 데를 돌고 있는 느낌이지?"

아리엘은 두툼한 아랫입술을 삐죽 내밀었다.

"소문이 사실인가?"

아무리 찾아도 만날 수 없다고 했다. 무슨 금제가 걸려 있기 때문이라고 했는데, 혹자는 그게 드래곤이 설치한 결계라고도 했다.

"드래곤이 왜 대장장이의 작업실에 결계를 쳐?"

아리엘은 그 말을 믿지 않았다. 하지만 한 시간을 넘게 헤매다 보니 소문을 무시할 수도 없었다.

"흐음."

작게 숨을 토해 낸 그녀는 곧 두 손을 마주 쥐었다.

"이쯤 헤맸으면 뭐라도 해 보는 게 맞는 거니까."

마주 쥔 손을 가슴 근처에 둔 아리엘은 조용히 주문을 외웠다. 두 눈을 감은 채였다.

그리고 곧,

파밧!

눈앞에 쳐진 결계가 그 모습을 드러냈다. 하지만 뿌옇게 형체만 드러날 뿐, 그 결계를 온전히 파악할 순 없었다.

마법사 랭킹 1위에 빛나는 아리엘이 파악할 수 없는 결계라면,

"드, 드래곤의 솜씨가 분명해!"

그녀는 감탄을 토해 냈다. 결계가 있다는 것만 겨우 확인할 뿐, 그 형태를 전혀 가늠할 수 없었다. 이 정도 솜씨면 드래곤도 보통 드래곤이 아닌 거다.

"레전드리급이 분명해."

그때였다.

깡!

결계 안이었다.

"이게 무슨 소리야?"

그런 아리엘에게 대답이라도 하듯,

까-앙!

이상한 소리가 계속해서 들려왔다.

"뭐지? 제련이라도 하는 건가?"

제련치곤 소리가 너무 날카로운 것 같기도 하고…….

결계 너머에서 무슨 일이 벌어지는지 알 길이 없는 아리엘은 그저 고개만 갸웃할 뿐이었다.

🕊

강철은 각성이 무엇보다 급했다.

까- 앙!

[각성의 조각을 획득하셨습니다.]

나온다! 나와!

아까 쪼렙존에서 자리 잡고 팔 때보다 스미든 앞마당이 훨씬 더 잘 나온다.

그래. 이 정도 속도면 염병할 곡괭이질과 이별할 날도 얼마 남지 않은 거다.

[각성까지 100개가 필요합니다.]

"ㅎㅎㅎ!"

강철이 미친 사람처럼 웃으며 곡괭이질을 할 때였다.

"손님이 도착했구만."

스미든이 강철의 집중력을 가볍게 밀어내 버렸다.

"의뢰인일세."

묻지도 않았다. 그놈의 의뢰인.

그래. 어차피 올 거라면 빨리나 와라. 그래야 퀘스트 깨고 5백만 원을 받지.

강철은 스미든의 시선을 따라 고개를 돌렸다. 그러자 멀리서 주위를 두리번거리는 여자가 눈에 들어왔다.

스미든은 여자를 향해 걸음을 옮기는 중이었다.

그가 코앞까지 다가갔는데도 그녀는 여전히 딴 곳을 보고 있었다. 꼴을 봐서는 결계가 있다는 게 허튼소리는 아닌 모양이었다.

덥석!

스미든은 정말 무식하게 여자의 팔목을 잡아챘다. 그러자 화들짝 놀랐던 여자가 곧바로 미소를 지었다.

뭐야? 아는 사이인 거야?

스미든은 그녀의 손목을 붙들고 결계 안으로 들어왔다.

그냥 다른 거 없다.

어딜 가도 한눈에 확 뜨이는 미모에, 웃는 게 더럽게 상큼한 느낌의……. 왜 그냥 마음 빼앗기기 딱 좋은 그런 여자 있잖은가. 하여간 여자의 첫인상은 그랬다.

하긴, 예쁘다고 돈 나오는 건 아니니까.

강철은 관심 없다는 듯 얼른 고개를 돌렸다.

마계 출신인 거 알면 어쩌나 싶어 얼굴 가릴 거 뭐라도 두를까 잠깐 고민도 해 봤지만, 강철은 이내 고개를 저었다.

곡괭이 하나 보고 마계에서 온 거 알아차리는 판국이다.

스미든을 돕기 위해 있는 거니까, 마계에서 왔다는 거 알아도 적당히 넘어가겠지.

'정 지랄하면 곡괭이로 후려치면 되고.'

강철은 혼자 고개를 끄덕이며 곡괭이질을 이어 나갔다.

[각성의 조각을 획득하셨습니다.]

[각성의 조각을 획득하셨습니다.]

[각성의 조각을 획득하셨습니다.]

진짜 여기 미친 게 분명하다. 계속 나온다, 계속.

"흐흐흐!"

강철이 웃음을 지을 때였다.

"반가워요. 아리엘이라고 해요."

아리엘이라는 여인이 다가와 먼저 손을 내밀었다.

강철은 각성의 조각 얻는 재미에 인사말도 제대로 듣지 못했다.

깡! 까- 앙!

강철은 땀을 뻘뻘 흘렸지만 조금도 힘든 기색을 보이지 않았다.

늘 하던 곡괭이질이다. 각성의 조각이라는 대가까지 쏟아지는데, 새삼스레 힘들게 뭐 있겠는가?

"으아아아!"

아주 그냥 신이 나서 곡괭이를 휘두르니, 곡괭이질 한 방에 땅이 1미터씩 훅훅 꺼졌다.

아리엘이 서 있는 자리에서 강철은 벌써 7~8미터 구덩이를 뚫고 있었다.

10초쯤 멍 때리고 보고 있노라면 '저 사람이 들고 있는 게 곡괭이가 아니라 전동 드릴인가?' 하는 생각이 들 정도였다.

"스미든 어르신."

"응?"

"저분 뭐죠?"

과연 아리엘도 마찬가지인가 보다.

깊이가 10미터는 족히 되는 구덩이 위에서, 아리엘은 신기한 표정으로 아래를 내려다보았다.

"임시로 조수 일을 맡게 된 친구일세."

"곡괭이질이 보통이 아닌데요?"

"그럼, 내 조수라니까. 보통 사람을 내가 쓰겠나?"

"그것도 그렇네요, 어르신."

거기까지 말한 아리엘은 강철에게서 시선을 떼지 않았다.

"마족인가요?"

"으응?"

스미든은 놀란 눈으로 아리엘을 바라봤다.

설마 곡괭이를 보고 알았을 리는 없고.

"용족일 수도 있고요."

'때려 맞힌 거야?'

스미든은 무슨 말을 해야 할지 몰라 뒷머리를 긁적였다.

"왜 그런 생각을 했나?"

"스탯이요."

"스탯?"

아리엘은 고개를 끄덕였다.

"레벨이 100대인데, 스탯이 비정상적으로 높거든요. 특히 마력과 근력이 그래요."

"그것도 그렇군."

사실 스미든은 그런 일에 별 관심이 없었다.

강철이 돈 되는 일에만 관심을 두듯, 스미든 또한 오로지 대장장이 일에만 신경을 쏟는 양반이었다.

그래서일까?

"마족이면 어떻고, 용족이면 어떤가. 자네 장비를 고치는 데 도움만 되면 됐지."

영혼이 전혀 담기지 않은 말을 하는 거였다.

"그런가요?"

아리엘은 빙긋 웃으며 말을 받았다.

"난 그만 준비를 하러 가야겠네. 따뜻한 차라도 한잔하고 싶으면 직접 타 드시게나."

스미든은 하나 마나 한 소리를 내뱉고는 작업장 쪽으로 걸음을 옮겼다.

아리엘은 그의 뒤를 따르는 대신 강철의 곡괭이질을 바라봤다.

까- 앙!

"저 레벨에 마력과 근력이 각각 300을 넘는다는 게 말이 안 되는데……."

그녀는 강철이 자기 레벨까지 성장했을 때 어느 정도 능력치를 갖게 될까 계산해 보았다.

잠시 뒤 계산을 끝낸 아리엘은,

"나, 나보다 스탯을 200이나 더 받게 된다고?"

너무 놀란 나머지 눈이 휘둥그레져 있었다.

※

"다 얻었다!"

메시지가 떠오르기도 전이었다. 강철은 얼른 두 손을 번쩍 들어 올렸다.

[각성의 조각 300개를 획득하셨습니다.]

[각성진화 퀘스트 성공 조건을 충족하셨습니다.]

[각성진화 하시겠습니까?]

인생 안 풀린다 싶더니만, 역시 끝날 때까진 끝난 게 아닌 거다.

어차피 조건 채운 김에 후딱 진행해야겠다 싶어 고개를 끄덕이려 할 때였다.

"으응?"

멀리 있는 사람 머리가 눈에 들어왔다.

젠장! 구덩이를 얼마나 깊이 팠는지, 사람 머리가 거의 점으로 보일 지경이었다.

그래. 이 정도 팠으니 반나절 만에 300개나 구한 거지.

강철이 감회에 젖어 고개를 끄덕일 때였다.

"스미든 님이 오라셔요."

여자 목소리였다. 아까 봤던 의뢰인인 모양이었다.

여자는 구덩이에 고개를 내민 채로 아래를 보고 있었다.

"에잇!"

저 여자는 왜 하필 지금 여길 보고 있어?

지금 당장 각성진화를 하고픈 강철이다.

보상으로 받을 '베인의 사이드'도 그렇지만, 지긋지긋한 곡괭이질과 공식적인 이별을 고하고 싶어서였다.

여자가 보고 있다고 못할 건 없었다. 하지만 유저들을 썰러 다녀야 하는 입장에서, 마왕에 관한 정보를 굳이 흘리고 다닐 이유도 없는 거다.

그래. 당장 안 한다고 기회가 날아가고 그런 건 아니니까.

강철은 무리하기보다는 짬 날 때 하자고 마음을 굳혔다.

그리고 곧,

척! 처- 억!

곡괭이로 벽을 찍으며 암벽을 등반하듯 구덩이를 빠져나왔다.

"놀랍네요."

아리엘이 땀에 젖은 강철을 보며 빙긋 미소를 지어 보였다.

"이만한 구덩이를 곡괭이 하나로 파냈다는 게 놀라워요."

그녀의 칭찬에도 강철은 별다른 대꾸를 하지 않았다.

올라오는 내내 자신에게 고정돼 있던 그녀의 시선이 마음에 걸린 탓이다.

'의심하지 않고서야 그렇게 뚫어지게 쳐다볼 리 없지.'

강철은 경계를 늦추지 않는 선에서 아리엘을 바라봤다.

예쁜 얼굴이다. 그런데 예쁜 게 밥 먹여 준다는 말 들어본 적 없다.

강철은 관심 없다는 양 고개를 돌렸다.

"궁금한 게 있으면 차라리 물어보쇼. 그렇게 이상함 가득 담아 쳐다보지 말고."

"아, 제가 그랬나요?"

그녀는 곧 '죄송해요.' 한마디를 덧붙였다. 강철은 별다른 대꾸 없이 스미든의 작업실로 향했다.

높다란 절벽 아래 기다란 그림자가 드리우는 곳으로 스미든의 작업실이 보였다.

☞

'개 털릴 뻔했다!'

강철은 최대한 태연히 걷기 위해 노력했지만 걸음이 저절로 빨라지는 기분이었다.

막 지적질까지 해 가며 혼자 쿨한 척 다 했지만, 말하는 틈틈이 아리엘의 상태창을 확인했었다.

그런데,

플레이어:아리엘

레벨:772

염병할! 뭔 놈의 레벨이 700이 넘어가냐!

심지어 레벨 옆엔 유저 랭킹 1위를 뜻하는 왕관까지 박혀 있었다.

'각성진화 안 하길 정말 잘했지.'

유저 1위가 보는 앞에서 마왕이 각성진화 했어 봐라.

사이드 든 놈이 마왕이라고, 랭커들한테 소문 제대로 퍼질 거다.

그뿐이면 말을 안 한다. 상태창 확인하기도 바쁜 그때 메시지가 하나 떠올랐다.

[S급 플레이어입니다. 플레이어 킬링에 성공할 시 보상금 1억 원이 수여됩니다.]

그러니까, 송재균이 말했던 S급 플레이어가 레벨 700이 넘어가는 슈퍼 랭커들이었던 거다.

저런 인간을 잡으라고?

잡아지냐, 저게?

송재균 그거 진짜……

"같이 가요!"

강철의 마음을 아는지 모르는지, 뒤에서 아리엘의 목소리가 다가왔다.

"스미든 님의 일을 도와주신다고 들었어요."

"……"

강철은 아무런 대꾸도 하지 않았다. 폼 잡으려고 입 닫았던 아까와 사뭇 다른 이유에서였다.

강철에게서 별다른 말이 없자 아리엘도 굳이 말을 걸지 않았다. 그게 예의라고 생각한 모양인데, 강철로서는 어쨌거나 다행인 일이었다.

'1억이다, 1억.'

강철은 저도 모르게 입맛을 다셨다.

열흘 굶었다가 소갈비를 마주한 사람처럼 입에 침이 흘러넘치는 기분이었다.

척! 척!

나란히 걷던 강철은 조금 천천히 걸음을 내디뎠다.

덕분에 자연히 아리엘이 앞장서고, 강철이 뒤를 따르는

형국이 되었다.

강철은 그녀의 뒤통수를 빤히 바라봤다.

풍성한 금발이 바람에 흩날렸다.

보통 남자 같으면 그 모습만 봐도 가슴이 설레어, '고백을 해, 말아?' 고민을 할 테지만 강철은 달랐다.

'기습을 해? 말아?'

곡괭이를 말아 쥐며 깊은 고민에 빠진 거다.

곡괭이로 찍어 봐야 데미지 천도 안 나온다. 크리티컬 터져도 최고치가 2천이다.

그런데 아리엘의 HP는 4천을 훌쩍 넘었다.

기습에 성공해도 다음 턴에 주문이 캐스팅되면 그냥 마계로 돌아가야 되는 거다.

근데 뭘 고민하고 있냐고?

'각성진화를 해서 후려치면 데미지가 좀 더 나오지 않을까? 곡괭이는 일반 장비고, 사이드는 공격 장비니 데미지가 못해도 두 배는 더 나올 텐데······.'

평소라면 시도도 안 했을 도박이다. 성공률 10프로도 안 되는 거, 강철이 더 잘 안다.

그런데도 자꾸 입맛을 다시는 건,

'1억이다, 1억.'

1억이 뉘 집 개 이름도 아니고!

저거 한 명만 잡아도 1년은, 1년이 뭐야! 못해도 3년은 띵

가떵가 놀 수 있는 거다!

'방법이 없을까?'

뭐 없냐, 진짜?

혼자 쉴 새 없이 고민을 이어 갈 무렵, 어느덧 스미든의 작업장에 다다라 있었다.

'내 도온! 1어억!'

강철은 허공에 미친 듯이 소리를 지르고 싶은 걸 꾸욱 참아야 했다.

☞

선선한 바람이 부는 오후였다.

절벽 덕에 길게 드리운 그늘 아래, 세 사람이 옹기종기 모여 있었다.

커다란 망치를 쥔 스미든이 앞에 서고, 그 뒤에 강철과 아리엘이 나란히 선 채였다.

"장비를 정비하고 싶다고?"

스미든의 말에 아리엘이 한 걸음 앞으로 나왔다. 그녀는 들고 있던 스태프를 스미든에게 건넸다.

"과연, 영롱하구만."

영롱하긴 개코나, 칙칙한 잿빛이란 말이 딱 어울리는 스태프였다.

그러나 스미든은 혼자 신이 나선 '우와!' 감탄을 연발했다.

뭐 대단한 거라고.

그렇지만 하도 난리들을 떨어 대니까, 뭐 특별한 거라도 있나 싶어 강철은 고개를 쭈욱 내밀어 보았다.

그러자 곧,

띠링!

아이템창이 떠올랐다.

[레비아탄의 스태프]

레비아탄……. 어디에서 들었던 거 같기도 하고?

[아이템 등급:레전드리]

뭐?

'레, 레전드리?'

스피츠가 퀘스트 보상으로 걸어 둔 템이 바로 레전드리다.

한도 끝도 없이 이어졌던 곡괭이질을 이 악물고 견뎌 내게 해 준 이유가 바로 레전드리였다.

근데 그게 눈앞에 떡하니 나타난 거다.

강철은 황당하단 얼굴로 아리엘을 바라봤다.
'얜 뭔데 이런 템까지 들고 있는 거야?'
그에 대한 답이라도 되듯 레벨 옆에 떠 있는 왕관이 눈에 들어왔다.
유저 랭킹 1위.
1위니까 들 만도 한데, 바꿔 생각하면 저걸 들었으니 1위가 된 걸 수도 있겠다.
'하여간 저 여자를 잡으면 보상금 1억에, 레전드리 템까지 뺏어 올 수 있단 거잖아?'
이건 뭐, 걸어 다니는 ATM 기기 수준인데?
그 뒤로 스미든과 아리엘이 무슨 무슨 얘기를 서로 한 것 같긴 한데, 강철의 귀에 그런 말이 들어올 리 만무한 거다.
하지만 그것도 잠시,
"강화?"
다른 생각 중이던 강철이지만, 강화라는 단어만큼은 정확하게 들었다.
'강화'가 강철의 귀를 과녁 삼아 빡! 꽂힌 거였다.
강철은 얼른 대화에 집중했다.
"정비를 원한다고 하지 않았나? 갑자기 강화가 웬 말인가?"
"강화가 꼭 필요해서요."
"레전드리 템은 2강부터도 실패하면 바로 깨지는 거 알고 있나?"

"알고 있습니다."

"강화 없이도 대륙 최강의 장비야. 왜 굳이……."

"꼭 해야 할 이유가 있습니다."

아리엘은 몹시 단호한 얼굴이었다.

스미든도 그녀의 의지를 느꼈는지 깊은 한숨을 내쉬고는 겨우 고개를 끄덕였다.

"그래, 해 봄세. 나도 성공은 장담할 수 없어."

"부탁드리겠습니다."

그때였다.

"잠깐!"

강철은 저도 모르게 목청을 높이고 말았다.

내친걸음이라고 생각했는지,

"강화는 절대! 안 됩니다!"

거의 윽박을 지르듯 고성까지 토해 냈다. 당연히 아리엘과 스미든의 얼굴에는 의문이 피어올랐다.

'네 것도 아닌데 왜 난리야?' 하는 표정이었는데…….

'강화하다 깨지면 내가 못 뺏잖아, 미친놈들아!'

강철은 차마 속마음을 말도 못하고 인상만 찌푸리고 말았다.

제8장

전체 랭킹 1위를 상대하는 일인데도?

렙업하는 마왕님

"지금도 최강 템 아니에요?"

강철이 목소리를 높였다.

"강화는 뭣하러 해요? 깨질지도 모르는데."

네가 들고 있다고, 꼭 네 거라는 편견을 갖지 마.

속마음은 그랬는데, 얼굴 표정은 나름 관리가 잘된 모양이다.

아리엘은 후우! 나직한 숨을 내쉴 뿐, 불편한 기색을 보이지 않았다.

잠시 망설이던 그녀가 조용히 강철을 바라봤다.

"믿을 만한 분이신가요?"

눈은 강철에게 고정되어 있지만, 스미든에게인지 강철에

게 하는 건지 모를 말이었다.

딴 데를 보며 답을 미루는 스미든과 달리,

"날 뭘 보고 믿어?"

믿지 마. 마왕이야.

강철은 단호히 나섰다.

그러자 아리엘이 눈을 빛냈다. 무언가 결심한 사람의 눈이었다.

여자가 저런 표정 지으면 위험한데.

강철은 뭔가 길을 잘못 든 건 아닌가, 불길한 예감에 사로잡혔다.

'염병! 그런 건 꼭 안 틀리던데!'

강철이 저도 모르게 뒷머리를 벅벅 긁을 때였다.

"강화를 해야 하는 이유가 있어요."

아리엘이 물기 어린 목소리로 말했다. 믿을 만한 사람 운운했던 것도, 그 '이유'란 거 때문인가 보다.

어쨌거나 지금 그 이유 말해 준답시고, 믿을 만한 사람답게 행동해 달란 거잖아? 비밀 꼭 지켜 달라고.

'에잇! 딴 데 가서 알아보라고.'

그런 얘기 들어 봐야 득 되는 거 없이 자꾸 일만 꼬인다. 돈 버는 데 하등 도움 될 거 없다, 이 말이다.

"왜 저라고 어렵게 얻은 장비를 강화하고 싶겠어요? 날릴 위험 감수하면서까지요."

사슴 같은 눈망울이다. 꼬시려고 뱉는 유혹의 말도 아니고, 목소리에서 진심도 느껴졌다.

이 정도 되면 보통 남자는 지가 나서서 듣자고 한다.

그런데 강철은 달랐다.

"보면 알겠지만 나 레벨 200도 안 되는데, 그쪽한테 하등 도움 될 게 없다니까."

"괜찮아요."

이런 미친!

속마음 말한 것뿐인데, 저 여자 신뢰가 가득 찬 눈이 되어 버렸다.

저 여자 옆엔 대체 어떤 인간들이 득시글거렸기에, 이깟 말에 저런 눈이 되는 건데?

"대륙 최고의 대장장이를 도우시는 분이잖아요."

"하아!"

말이 안 통함을 직감한 강철은 입을 다물었다.

하기야 레전드리 템 깨질 거 각오하고 온 거라면 나름의 절박한 사정이야 있을 터였다. 그 정도나 되니 이토록 매달리는 것일 테고.

"들어나 보는 게 어떤가?"

잠자코 있던 스미든이 넌지시 물었다.

내 편은 없구만!

강철은 하는 수 없이 고개를 끄덕였다.

처음엔 안 듣겠다고 버티다가 정작 또 귀 기울이는 태도를 보이니, 상대 입장에선 그게 또 고마웠나 보다.
"감사해요, 정말."
그런 거 아니라니까!
강철은 포기한 듯 고개를 끄덕였다. 말이나 계속해 보라는 뜻이었다.
"저는 랭커 중에 유일하게 세력이랄 게 없었어요. 다들 길드 안에서 보호를 받는 반면 저는 혼자 다녔죠."
"처음엔 혼자 힘으로 상위 랭커가 되었단 사실만으로 유명세를 탔었지."
스미든이 끼어들었다.
"내가 알기로도 그런 경우는 거의 드물어. 한데 특별히 그래야 할 이유라도 있었나?"
"지금의 길드 시스템은 정말 불합리해요. 하층부에 있는 사람들이 돈을 벌어다, 길드 내 네임드 유저에게 갖다 바치는 꼴이죠."
길드가 꼭 나쁘다고 말할 수는 없을 텐데.
"물론 길드에 속하면 편하긴 해요. 일단 외부 세력이 함부로 대할 수 없으니까요. 하지만 편하다고, 동네 돌아다니면 사람들이 알아서 고개 숙이니까, 모두가 깡패 집단에 속해서야 되겠어요?"
정의감이 어지간히 투철한 모양이다.

대부분의 사람들은 길드의 불합리성을 알고도 모른 척한다. 그 속에서 뭔가 누릴 수 있기만 하면 말이다.

몇몇 불만을 품는 사람들은 길드에 들어가지 못해서 구시렁대는 게 대부분인데, 이 아리엘이란 유저는 그 모든 걸 누릴 수 있음에도 길드 시스템에 문제를 제기하고 있는 거다.

뭐, 좋은 말이긴 한데…….

'그걸 왜 마왕한테 와서 말하냐고!'

강철은 별달리 해 줄 말이 없었다. 마왕이 길드 시스템에 대해 뭔 말을 하겠는가.

그래서 묵묵히 듣고만 있던 거다.

"감사해요. 재미없는 이야길 그렇게 진지한 얼굴로 들어 주셔서."

아니라고! 그런 거 아니라니까.

"그러다 보니 길드에 속한 상위 랭커들에게 저는 눈엣가시 같은 존재가 되었어요. 길드에 속하지 않고서도 최상위 유저가 될 수 있다는 걸 제가 증명한 셈이니까요."

"자기들 밥그릇을 아리엘 양이 뺏고 있다고 생각한 모양이구만?"

스미든의 말에 아리엘은 고개를 끄덕였다.

"그러다 제가 레비아탄의 스태프까지 얻게 된 거예요. 대륙 최초로 레전드리 템을 소유하게 된 거죠."

"난리가 났겠네."

"덕분에 전체 유저 랭킹 1위까지 된 건 감사한 일인데, 그때부터는 거의 노골적으로 저를 노리기 시작했어요."

종합해 보면 길드한테 미운털 박힌 와중에 좋은 템까지 먹어서 왕따가 됐다는 거다.

왕따까진 어떻게 버텨 보겠는데, 척살대를 보낼 정도가 되니 상황은 더 심각해졌고.

이쯤 되니 아까 왜 그렇게 자신의 얘기를 들려주고 싶어 했는지 이해도 됐다.

억울했을 거다.

그렇지만 억울한 걸 이해하는 것과 발 벗고 나서서 도와주기까지 하는 건 결단코 별개의 문제다.

강철은 가슴속에 담아 둔 좌우명과도 같은 말을 곱씹어 보았다.

철저히 이해관계를 통해서만 움직여야 한다!

왜? 마왕이니까!

'날 움직이고 싶으면 기구한 사연 말고 돈을 가져오란 말이다! 도오오온!'

그러한 속마음과 달리 강철은 평온한 표정을 지어 보였다.

"사방이 적들이니 압도적으로 강해야 한다, 이거구만?"

계속 입 다물고 있다가 한마디 툭 던진 거였다.

"그러니까 위험을 감수하고라도 레전드리 템을 강화하겠

다는 것일 테고?"

스미든이 맞장구를 쳤고,

"예, 맞아요."

아리엘은 고개를 끄덕였다.

그래. 이제 너의 사연은 모두 들었다.

그래서 강철이 내린 결론은 역시나,

"굳이 강화는 하지 맙시다."

"예?"

"꼭 강화로만 강해지는 것도 아니고, 무엇보다 깨지면 미래가 없잖아요. 그 뒤엔 어떻게 하려고요."

"……."

아리엘은 별다른 대꾸를 하지 못했다.

잠시간 고개를 숙인 채 아무 말이 없던 그녀의 눈에 눈물이 잔뜩 고여 있었다.

"게임하면서 누군가가 절 걱정해 주고, 위로해 준 적 처음이에요. 다들 와서 제 아이템, 돈 이런 거나 얻어 가려 했지, 진심으로 걱정해 준 사람은 아무도 없었어요."

"그래, 우린 다른 사람이야. 그런 놈들과 다르지."

잠자코 있던 스미든이 다가가서 그녀의 어깨를 다독여 주었다.

염병! 그래! 마왕이니까 여태껏 만난 놈들이랑 다르긴 다를 거다.

"어쨌건 강화는 안 하는 겁니다."

"……."

그녀는 고개를 숙인 채로 말이 없었다.

"여기까지 온 건 아까우니까 일단 정비는 하시고요."

그래야 '스미든의 도움 요청' 퀘스트가 완료된다.

5백만 원 받아야 되니까, 그건 꼭 하고 가라.

"강화… 하고 싶어요. 해야 해요."

"잔말 말고 정비나 하고 가라고요."

강철은 그녀에게 다가가 스태프를 홱 낚아챘다.

레벨 700 넘는 유저다. 안 뺏기고 싶었으면 낚아채러 왔을 때 머리를 후려칠 수 있었을 거다.

"뭐해요? 일 안 할 거예요?"

강철이 스미든을 바라보자, 놈은 아리엘의 어깨에서 손을 떼고는 얼른 강철의 뒤를 따랐다.

5백만 원이다. 이거 해결하면 현금으로 5백만 원 받는 거다.

장비 정비다 보니 일도 대부분 스미든이 알아서 하는 거고, 강철은 거들기만 하면 된다.

'이거 완전 거저구만?'

스미든은 이름도 모를 장비로 스태프를 열심히 문지르고 있었다.

평소와 다르게 동그란 안경을 코에 걸치고 있었는데, 보기엔 저래도 나름 정밀한 작업을 하는 모양이었다.

강철은 작업 시간 내내 옆에 서 있기만 했다. 그냥 뭐 좀 가져다 달라고 하면 몇 개쯤 가져다주는 게 고작이었다.

작업 후반에 곡괭이질이 필요하다고는 했는데, 그때까진 잡일만 해 주면 되나 보다.

비교적 여유가 많은 덕분에 강철은 주위 분위기를 살필 수 있었다.

집기들은 저마다 최상의 상태로 깔끔하게 보관돼 있었다. 장비 하나하나가 오와 열을 맞춘 채로 있어야 할 곳에 딱딱 놓여 있는 식이었다.

남자가 뭐 이렇게 깔끔해?

스미든은 작업을 할 때 동선을 크게 잡는 편이었다.

여기서 두드렸다가 잠시 뒤엔 그 반대편에서 뚜닥거리는 게, 한자리에서 뭘 하고 그런 스타일은 아니었다. 그래서 돌아다닐 때 발에 차이는 게 없도록 깔끔하게 정리해 둔 건지도 몰랐다.

작업실만 봐도 이 사람한테 믿고 맡겨도 되겠다는 생각이 딱 든다고 할까.

'나중에 마왕인 거 밝히면 내 장비 안 맡는다고 할지도 모

르겠다마는, 뭐 그건 그때 가서 고민해 보기로 하고.'

 이곳저곳 두리번거리던 강철의 눈에 아리엘이 들어왔다. 그녀는 작업장과 좀 떨어진 곳에 서 있었다.

 이곳을 향하지 않아 뒷모습만 보였다. 아마 먼 곳을 바라보며 생각에 잠겨 있는 모양이었다.

 "유저 랭킹 1위한테도 나름의 고충이 있나 보구만."

 강철은 랭킹 1위 같은 거 한 번도 해 본 적 없는 사람처럼 말했다.

 하지만 그것도 잠시,

 "그러게, 1등 할 거면 남들이 감히 얼굴도 못 들게 압도적으로 강해져야 한다니까."

 그럼 그렇지.

 강철이 그런 거 이해할 리 없다.

 40인 레이드 혼자 돌던 인간이 1등의 설움이나 불안함 따위 알 수가 없는 거다.

 뒷모습이 하도 처연해 보여 다가가 한마디 해 주고 싶은 마음도 들긴 했다만, '굳이 그렇게까지 해야 될 필요가 있을까?' 싶어 강철은 고개를 저었다.

 "강화한다고 능사가 아니야. 그런 방법으로는 언젠가 따라잡히게 돼 있어. 실력을 키워야지. 안 그럼 답 없는 거야. 정 답답하면 자기가 뱉은 말 배신하고 어디 길드 들어가서 보호를 받든가."

강철은 혼잣말을 중얼거렸다.

한 번 뱉은 말 허투루 생각할 위인은 못 될 거란 생각에 묘한 미소를 지어 보이기도 했다.

"제 스스로 피곤하게 살겠다는데, 그걸 누가 말려?"

강철이 안 그래도 돌아서려 할 때였다.

"자네, 얼른 와서 곡괭이질을 좀 도와주게."

"갑니다!"

5백만 원 준다는데 가야지요! 그럼, 가야지요!

13강 칼 뺏은 거 그게 최소 천만 원은 할 테니까, 5백까지 더하면 진짜 부자다!

이계 사용 템 중 쓸 만한 게 그 칼 하나라 갖고는 있다만, 마계만 넘어가 봐라! 즉시 경매장에 올린다.

흐흐! 강철은 웃는 얼굴로 스미든에게 향했다.

♪

제논 길드 권경우는 제정신이 아니었다.

스피츠를 잡으러 갔다가 레비아탄을 만난 것도 억울해 죽겠는데, 돌아오는 길에 애먼 놈한테 걸려 템까지 뺏긴 거다.

13강이다. 현금으로 2천만 원을 들여 구입한 검이다.

근데 그걸 뺏겼다. 미치고 팔짝 뛸 노릇이었다.

산 지 며칠 되지도 않았는데, 제대로 써 보지도 못하고 남

좋은 일 시켜 준 꼴이라니.

설상가상, 스피츠와 레비아탄이 함께 있는 영상으로 대박을 터뜨릴 거란 예상은 보기 좋게 빗나가 버렸다. 비슷한 시기에 다른 이슈가 터져 버린 탓이었다.

유저들의 관심은 랭킹 1위 아리엘과 명문 길드 간의 전쟁에 온통 쏠려 있었다.

덕분에 스피츠와 레비아탄의 조우는 단순한 버그쯤으로 여겨서는 별다른 반향을 일으키지 못했다.

"이런 엿 같은 상황이 있나……."

손해만 막심하고, 그것을 메울 방법이 없어져 버렸다.

권경우로서는 최악의 상황에 직면한 꼴이었다.

하지만 이대로 무너질 권경우가 아니었다.

사람들의 이목이 집중된 사건을 제대로 물기만 해도, 지금껏 손해 본 것쯤 우습게 메울 거라는 게 놈의 생각이었다.

그래서 그가 짜낸 계획은 역시나,

"지금은 아리엘을 박살 내야 할 때다. 어차피 유저들 관심이 그쪽에 쏠려 있으니 거기서 한 방 터뜨려야지, 다른 거 물어 왔다간 금방 또 묻히고 말아."

그럼 제논 길드만 동원해서 아리엘을 잡을 수 있을까?

"후우."

그건 또 답 안 나온다.

레전드리 템을 먹기 전의 아리엘이라면 몰라도, 지금은

당당히 유저 랭킹 1위다.

제논 길드 혼자서 해결 가능한 일이었다면 명문 길드들이 지금 저 지랄을 떨 필요가 뭐 있겠는가?

그럼 남는 보기는 딱 하나다.

"토벌대에 껴 달라고 하는 수밖에 없겠군."

밥상 차릴 재주 없으면 얼른 숟가락 올릴 방도라도 떠올려야 했다.

그래도 다행인 건 제논 길드 모두가 12강 무기는 들고 있다는 거였다. 토벌대의 메인에 설 순 없어도 선발대 정도 맡을 수준은 되는 거다.

결심이 선 권경우는 얼른 유명 길드 길마에게 귓말을 보냈다. 토벌대 선봉에 서고 싶다는 메시지였다.

'선발대는 다 죽는다고 보면 된다. 아리엘의 마나 좀 빼는 역할? 말 그대로 총알받이쯤 되는 거지.'

누구라도 서기 싫어하는 게 선발대이므로, 그걸 나서서 한다고 하면 거절하기 힘들다. 그걸 알기에 권경우도 굳이 선발대를 자청한 거였다.

과연, 평소라면 오지도 않을 답장이 즉시 날아왔다.

「두 시간 뒤, 테라지구 쪽으로 모이시오. 아리엘이 그곳에서 발견됐다는 제보가 있었소.」

'두 시간 뒤?'

길드원들을 모두 모아서 상황을 설명하는 데만도 한 시

간은 족히 걸린다. 이동하는 데도 그만큼 걸릴 테니 두 시간은 너무 빠듯했다.

하지만 어쩌겠는가?

「그곳에서 두 시간 뒤에 뵙지요.」

권경우는 뒷감당이야 어떻게 되든 얼른 답장을 보내고 보았다.

깡-!

땅에 휘두르던 곡괭이다.

단단한 돌도 두부처럼 갈라졌는데,

까- 앙!

장비라고 버틸 수 있을까?

강철은 자꾸만 결정적인 순간에 손에서 힘이 빠졌다. 그걸 눈치챘는지 스미든이 얼른 고개를 들었다.

"걱정하지 말게나. 레전드리 템이야. 자네가 부수려 들어도 결코 꿈쩍없을 템이라네."

그렇게 대단한 장비라면서 강화하면 왜 깨지는 건데?

그걸 드워프한테 따져 뭐하겠나. 개발자들이 그렇게 만들어 놨을 텐데.

어쨌거나 괜찮다, 이거잖아?

강철은 전과 다르게 곡괭이를 꽉 말아 쥐었다. 힘껏 젖혔다가 결정적인 순간에 임팩트를 꽉 주었건만!

터- 엉!

곡괭이가 절로 튕겨져 나왔다.

터엉이라니!

이거, 전에 들었던 소리다.

강철의 곡괭이도, 찰스의 주먹도 뚫을 수 없던 그 바닥에서 꼭 이런 소리가 났었다.

"장난 아닌데?"

"내 뭐랬나. 곡괭이질로 단단하게 할 순 있어도 깨 버릴 순 없다니까."

그런 건 관심 없고! 어쨌건 이 장비가 곡괭이질을 가뿐히 견뎌 낸다 이거잖아?

그럼 딴생각 말고 열나게 두드리면 될 일이다.

까- 앙! 까- 앙! 까- 앙!

5백만 원 준다는데, 이까짓 거 못할 게 뭐 있겠냐. 돈 한 푼 안 줄 때도 며칠씩 꼬박 새워 가며 버텼는데!

일당 5백이라니!

강철은 악착같이 곡괭이를 휘둘렀다.

띠링-!

한 시간쯤 쉬지 않고 두드렸을 때였다.

[퀘스트가 완료되었습니다.]

['스미든의 제자' 칭호를 획득하셨습니다.]

[대장장이 기술을 습득 시 굉장한 효율을 발휘할 수 있습니다.]

마왕이 미쳤다고 대장장이 일 하겠냐?

진짜 중요한 건,

[현금 5백만 원이 지급되었습니다.]

5백이다! 5백! 5백! 5백!

강철은 정신이 나간 사람처럼 머리를 움켜쥔 채로 제자리를 방방 뛰었다.

13강 템이 천만 원은 할 테니 액수로는 그게 훨씬 크다만, 아직 경매장에 올린 것도 아니었다.

그 정도 값어치의 템이 있다 정도와, 정말 5백이 들어왔다고 메시지가 뜨는 건 느낌부터 달랐다.

월급으로 2백만 원도 제대로 받아 본 일 없는 강철에겐 정말이지 소름 끼치는 경험이었다.

"와아아아아!"

"그렇게 좋은가?"

"와아!"

"허허! 하기야 내 제자가 되는 게 보통 일은 아니지. 더 좋아하게. 지금 이 순간을 마음껏 즐기게나."

뭐라는 거야, 이 아저씨가?

강철은 이상한 눈으로 그를 바라보다가,

'에잇! 착각 좀 하면 어때? 좋은 게 좋은 거지.'

너그러운 마음으로 넘어가기로 했다.

하도 난리를 피워서일까? 작업이 끝났다는 말을 하지도 않았는데 아리엘이 벌써 다가와 있었다. 누가 봐도 잔칫집 분위기였나 보다.

"잘되셨나 보네요?"

강철만 아직 좋아 죽는 중이었다. 그래서 옆에 있던 스미든이 나서야 했다.

"정비는 완벽하게 끝났네."

강철이야 5백 받아서 신난 거라지만, 아리엘 입장에선 딱히 기쁠 일은 아니었다. 강화도 아니고 정비가 성공하는 거야 당연한 일이니까.

하지만 아리엘은 굉장히 환한 얼굴로 다가왔다.

"고생하셨어요."

"강화도 아니고 정비라면 내게 힘들 일은 아니지."

일은 강철이 다 했는데, 생색은 스미든이 내는 꼴이었다. 그러나저러나 상관없다. 돈 벌었으면 됐다! 돈!

"정비도 끝났으니, 바로 강화 시작하죠."

그녀가 스태프를 내밀며 담담히 말했다.

이건 부탁이야? 강요야?

전체 길드를 상대로도 굽히지 않는 강단은 제법이다만, 배짱만으로 안 되는 일도 있는 거다.

"그런 거 해 봐야 별 의미 없다니까."

"나도 그렇게 추천하고 싶지는 않네."

스미든이 거들었다.

"에픽 아이템만 해도 성공 확률이 제법 되네만, 레전드리는 첫 강화부터 20퍼센트 미만이야. 그것도 최고의 강화술사가 붙는다는 가정하에 말일세."

그는 최고의 강화술사 같은 표정으로 잘도 떠들어 댔다.

사실 돈도 벌었겠다, 앞으로 여기서 무슨 일이 벌어지건 강철은 별 관심이 없었다.

단지 강화한답시고 대륙에 4개뿐인 레전드리 템을 깨 먹진 않을까, 그게 아까울 뿐이었다.

'언젠가 내 거 될 수도 있는 건데, 쫌 소중히 다루라고!'

그래도 끝내 고집 피우겠다고 하면 '네 인생 네가 꼬겠다는데!' 하며 버리고 가는 수밖에 없다.

템 날리는 건 아쉽지만 바짓가랑이 붙들며 매달리는 거, 강철 스타일 아닌 거다.

강철은 아리엘 쪽을 슥 바라봤다.

"그래서 하겠다고?"

"도와주세요."

강요 맞는 거 같은데?

그때였다.

띠링!

[퀘스트가 발동되었습니다.]

응? 스미든 부탁 들어줬더니, 이건 또 뭐야?

[아리엘의 부탁]

퀘스트 조건: 레비아탄의 스태프 강화에 성공하라.

퀘스트 보상:

스미든의 동료(강화술사에게 부여되는 칭호입니다.)

현금 30,000,000원

으응? 현금을 준다고? 3천만 원을?

강철은 놀라 아리엘을 바라봤다.

그녀가 돈 주는 거 아니다. 퀘스트는 아리엘을 통해 줬더라도 금액은 넥씨 소프트에서 주는 게 분명하다.

그걸 아는데도 저절로 눈이 그녀에게 향했다.

3천만 원이란 돈은 사람 혼을 쏙 빼놓기 충분한 액수였다. 적어도 강철에게는 그랬다.

'지금까지 번 돈도 많은데, 거기다 3천을 더 줘? 이래 가

지고 남는 게 있나?'

하하하!

좋아서 웃는 거 아니다. 헛웃음이 그냥 터져 나와 버렸다.

그쯤 되자 절로 계약 조건을 떠올리게 되었다.

돈만 번다고 땡이 아니다. 월말까지 죽지 않아야 번 돈 지킬 수 있는 거다.

'이 새끼들이 월말에 어떤 꼼수를 부리려고 이렇게 돈을 퍼 줘?'

세상에 공짜 없다.

나중에 뺏을 자신이 있으니 일단 많이 주는 척 생색내는 게 아닐까?

렙업하라고 곡괭이 하나 덜렁 던져 준 놈들이다.

물 한 병, 목장갑 하나 안 챙겨 준 놈들한테 이 정도 의심쯤 당연한 거였다.

'뭔 꿍꿍이를 꾸미고 있는 것 같긴 한데.'

그놈들 뭐 할지 감도 안 잡힌다.

그렇다고 막연한 불안함 때문에 눈에 보이는 이득 포기하는 거 강철 스타일 아니다.

못 먹어도 고!

뭔 지랄을 해 놨건 당당히 뚫고 가야 강철인 거다.

목표가 생겨서 그럴까?

강철의 눈이 투지로 불타올랐다. 곡괭이를 처음 쥐었을

때, 딱 그 눈빛이었다.

'월말이라 봐야 일주일도 안 남았으니까.'

강철은 문제없다는 듯 고개를 끄덕였다.

그의 표정 변화를 읽었을까? 아리엘이 두 손을 모은 채로 강철의 말을 기다렸다.

그건 스미든도 마찬가지였다.

길게 늘어뜨린 수염이 참 안 어울리게 소녀 같은 눈으로 강철의 답을 기다리고 있는 거다.

"강화에도 내 도움이 필요해요?"

강철의 물음에 스미든은 당연하다는 듯 고개를 끄덕였다.

"꼭 필요하지. 자네 곡괭이질은 가히 강화에 최적화돼 있어."

뭔 소리냐? 땅 파려고 배운 곡괭이가 왜 강화에 최적화돼 있다는 거야?

"자네, 그것참 독특한 폼일세."

폼이라면 할 말 많다. 정석을 버리고 고유의 폼으로 자리 잡기 위해 노력한 게 한 세월이다.

"땅 파려고 하면 그런 폼 가질 필요가 없네. 자네 폼은 힘을 받기가 힘든 자세니까. 대신 정확도는 우수하지."

야구로 따지면 배트를 길게 잡아야 힘이 실린다. 반대로 짧게 잡으면 정확도가 오른다.

강철의 곡괭이는 번트를 대는 수준으로 짧게 잡는다. 원래대로라면 힘이 없는 대신 정확도가 높은 자세가 맞다. 원래대로라면 말이다.

"신기한 건 정확도만 있는 자세가 분명한데, 자네는 거기다 미친 듯이 힘을 실을 줄 안다는 거야."

번트로 장타 치는 놈이란 뜻이다.

사기캐라, 이 말이다.

"내가 좀 특별하긴 하지."

"내 말이 그 말일세. 자네는 몹시 특별한 기술을 가진 거야. 강화란 건 섬세함에 힘이 더해져야 하는 최상의 기술일세. 자네의 곡괭이질은 강화에 최적화돼 있어."

그러려고 땅 판 건 아닌데, 어쨌거나 부가 수입이 생길지도 모르겠다.

'어쩐지 그 폼을 고집하고 싶더라니까.'

강철은 뿌듯한 마음으로 스미든의 말을 경청했다.

칭찬에 칭찬이 거듭되다 보니, 뒷내용 다 들어 나쁠 건 없다는 생각도 들었다.

"자네 곡괭이질이라면 대륙 최고의 강화술사가 되는 거 일도 아닐 거야. 단, 나한테 강화술에 대해 수업을 받는다는 가정하에 말이지. 자네 실력이면 떼돈 벌 수 있을 걸세."

"떼돈이라."

단어 선택 한번 마음에 들었다.

"떼돈뿐인가? 명예도 뒤따를 거야."

"명예는 필요 없어. 떼돈이면 돼."

"아아……."

스미든은 종잡을 수 없다는 표정으로 한 걸음 물러섰다.

뭐, 어쨌거나.

강화술사가 되고 싶은 마음은 없었다.

나름 돈은 괜찮게 벌 수 있는 모양인데, 그것보다 마왕 일 하는 게 돈은 더 벌 수 있었다. 유저들 썰고 다니는 게 체질에 맞기도 하고.

그래도 배워는 둬 볼까?

퀘스트만 깨도 강화술을 준다는데, 배워 둬서 나쁠 건 없을 것도 같고.

선택지가 많아져서일까?

"모처럼 기분이 좋구만."

강철의 얼굴에 묘한 미소가 흘렀다.

스피츠의 안배고 지랄이고, 강철은 그런 거 모른다. 땅이 있어서 팠고, 제 자세가 좋아 그걸 고집한 거였다.

그 노력이 지금에 와서 퀘스트가 되고, 그 퀘스트를 해결해 나갈 실마리가 되고 있는 거다.

그거면 충분하다.

인공지능 드래곤 놈이 설계해 둔 미래 따위 아무래도 관심 없다.

강철은 그냥 강철의 방식대로 가는 거다. 그게 곡괭이가 됐든, 사이드가 됐든, 아니 맨주먹이라고 해도 상관없다.
 누구한테 의지하지 않고 맨몸으로 부딪치는 깡, 노력.
 그게 강철의 스타일이다.
 강철은 간만에 진지한 얼굴로 스미든을 바라봤다.
 "까짓것, 합시다."
 "뭐, 뭐?"
 "뭐겠어요?"
 강철은 작업실을 향해 다시 몸을 돌렸다.
 "뭐해요? 강화하자면서."
 "아아, 그럼 해 볼 생각인가?"
 여기에서 말 더하면 가오 안 산다.
 [퀘스트를 수락하셨습니다.]
 강철은 곡괭이를 집어 들었다.

※

 "후우… 후우……."
 권경우는 숨을 몰아쉬었다. 잔뜩 긴장한 탓이다.
 드넓은 평지에 백여 명의 인원이 도열해 있었다. 손꼽히는 명문, 카오스 길드의 정예들이었다.
 권경우도 나름 한 길드의 마스터다. 한데 여기서는 정말이지 명함도 못 내밀 수준이었다.

'최고의 길드가 되겠다는 건 이들 모두를 적으로 돌린다는 소리겠지.'

거기까지 생각한 놈은 후우! 깊은 한숨을 내쉬었다.

누구 하나 자기보다 낮은 레벨이 없었다.

레벨은 노가다로 올리면 그만이라지만, 템은 더했다.

놈이 공템만 13강으로 어찌어찌 맞췄다면, 카오스 길드의 인원들은 죄다 13강으로 도배를 한 수준이었다.

권경우야 그마저 있던 공템마저 강철에게 뺏긴 상황이었으니, 여기서 사람대접 바라는 건 힘들어 보였다.

"제논 길드라고 했나?"

"아, 예."

권경우는 얼른 고개를 숙였다. 상대의 아이디를 먼저 확인한 탓에 감히 고개를 들 수가 없어서였다.

'인면수심!'

카오스 길드의 마스터로 흑마법사 랭킹 3위에 빛나는 유저였다.

권경우라 봐야 순위권 근처에도 못 미치는 수준이었으니, 인면수심 앞에서 고개를 못 드는 게 당연한 일이었다.

"선발대를 맡고 싶다고?"

"카오스 길드를 존경해 마지않았습니다. 토벌대의 선봉에 서게 해 주신다면 더할 나위 없는 영광이겠습니다."

놈은 최대한 꼬랑지를 내렸다. 말하는 동안 단 한 번도 고개를 들지 않은 것은 딴마음일랑 조금도 품지 않겠다는 나름의 의지 표현이었다.

인면수심도 그걸 모르지 않았다.

"꽤 위험할 텐데?"

"카오스 길드와 함께라면 그 어떤 것도 두렵지 않습니다!"

"전체 랭킹 1위 유저를 상대하는 일인데도?"

"재수가 좋아 템 하나 잘 먹어 그렇게 된 거 아니겠습니까? 실력으로 따지면 카오스 길드에 대항할 위치가 못 됩니다."

인면수심은 고개를 끄덕였다.

이 정도로 꼬리를 흔드는 놈이라면 이해관계가 뒤틀리지 않는 한 주인을 무는 일은 없을 거란 확신 때문이었다.

만약 이런 놈이 또 물려고 덤비면 그때는 사정없이 대가리를 다 부숴 버리면 될 일이다.

"분부만 내려 주십시오."

이 정도면 물 이빨도 없다고 보는 게 맞을 거다.

"자네, 혹시 스미든이라고 들어 봤나?"

"대륙 최고의 대장장이라는 드워프 말씀이십니까?"

"그래. 아리엘이 이곳에서 발견되었단 정보를 받았을 때 난 스미든을 떠올렸어."

"……?"

손익계산이면 몰라도 그 외의 것엔 젬병인 권경우다.
"레전드리 템을 맡길 사람은 아무래도 스미든밖에 없겠지."
"아아!"
"아마 지금 그곳에 있을 걸세. 자네가 병력을 이끌고 앞장서 주게나."
"예. 병력을 최대한 분산시켜 아리엘의 마나 소모량을 극대화시키겠습니다."
권경우의 말에 인면수심은 환한 미소를 지어 보였다.
그래도 제 할 일이 뭔지는 아는 놈이 제 발로 찾아왔다는 생각에서였다.

렙업하는 마왕님

깡-!

이놈의 곡괭이질 지겹다, 지겹다 했는데, 지나고 보면 이게 진짜 복덩이다.

공격용으로 생각하면 각성진화 해서 무기로 쓸 수 있다.

렙업용으로는 땅 파기가 힘들어서 그렇지 레벨도 쑥쑥 오르고, 무엇보다 근력을 보너스로 주지 않았나.

그것뿐이면 말을 안 한다.

직업용으로 보면 장비 제작과 장비 강화에 지대한 영향을 끼치는 수준이다. 이건 뭐, 자칭 대륙 최고라는 스미든이 인증한 거니까 확실할 거다.

애먼 짓거리 하는 줄 알았더니, 이거야말로 사기 스킬이

따로 없었던 거잖아?

 강철은 제가 한 노력은 죄 까먹은 사람처럼 혼자만의 생각에 흥분했다.

 사기 스킬 운운하기 전에, 솔직히 강철이 들인 노력 자체가 사기 수준이었다.

 "이 기세 몰아서 떼돈 벌어 주는 거다!"

 강철은 생색 대신 각오를 토해 냈다.

 깡-! 까- 앙!

 "허허! 자네 말대로 이 실력이면 떼돈 벌 게 틀림없네."

 에잇! 쪽팔리게 그걸 또 듣고 있었냐?

 "강화 확률은 얼마나 돼요?"

 강철은 낯 뜨거운 기분에 얼른 화제를 바꿨다.

 스미든은 그걸 또 덥석 물었고.

 "20퍼센트 정도 된다고 보면 맞을 걸세."

 "그럼 80퍼센트의 확률로 레전드리 템이 깨진다, 이거잖아요?"

 "그렇지."

 깡-! 까- 앙!

 염병! 20퍼센트에 거는 건 너무 무모한 짓이다.

 "그럼 훌륭한 강화술사가 붙었을 때 성공 확률이 더 높아지기도 해요?"

 "30퍼센트까진 어떻게 해 볼 수 있네."

"그보다 더 훌륭한 사람이 오면?"
"응?"
스미든은 그런 게 어디 있냐는 표정으로 고개를 갸웃했다.

깡-! 까- 앙!

"영감님이 생각하는 그 솜씨보다 더 뛰어난 양반이 오면 강화 확률이 얼마까지 높아지냐고요?"

"그런 건 이론상으로나 가능한 얘길세. 그런 사람이 없으니 말이야."

"있다는 가정하에 얼마나 오르냐고요."

그런 말을 하는 게 무슨 의미가 있냐는 표정이었으나, 강철은 진지했다.

깡-! 까- 앙!

스미든도 그 진지함 때문에 억지로 입을 열었다.

"의미 없는 가정이긴 하네만, 35퍼센트 정도? 많이 쓰면 그쯤 될지 모르겠네."

"40퍼센트까진 안 되고요?"

도박을 하려면 못해도 4할은 돼야 한다.

현금 3천에 레전드리 템이 달린 일이다. 4할도 진짜 많이 양보한 거였다.

그러나 강철의 의도를 알 리 없는 스미든은 이해가 안 된다는 듯 뒷머리만 벅벅 긁었다.

"그런 사람이 대륙에 없대도 그러네. 누가 뭐래도 내가 최고야. 내가 3할이라고."

간지러운 말에 자신이 없는 강철은 곡괭이를 좀 더 힘껏 휘둘렀다.

"먼저 4할까지 끌어 올립시다."

깡-! 까- 앙!

아니면 여기서 그만둬야지, 별수 있어?

안 되는 거 해 보겠다고 이 악물고 덤벼도 될까 말까다.

시작부터 안 된다고 못 박을 거 같으면 희망 따위 제 발로 차 버리는 셈이다.

"레전드리 템에 4할 확률이면 날 뛰어넘겠다는 걸세."

이젠 지겨워지려고 그런다.

"자신 없으면 강화술만 가르쳐 주고 빠져요. 나 혼자 끌어 올려 볼라니까."

스미든은 이게 아닌데 하는 표정이었지만, 강철의 고집스런 눈빛을 보곤 이내 마음을 고쳐먹어야 했다.

☞

깡-! 까- 앙!

강화술이라는 거, 사실 별거 없었다.

강화석 넣고 존내 뚜드린 다음에 장비랑 합성시키면 그

만인 거였다.

 강철은 그 지점에서 강점을 보였다.

 게임의 90퍼센트 이상을 곡괭이와 돌만 잡고 산 강철에게 강화석을 두드리는 일은 너무도 익숙한 작업이었던 것이다.

 깡!

 [수습 강화사의 강화술 숙련도가 10 올랐습니다.]

 봐라. 한 번 때렸는데 숙련도가 10이나 올랐다.

 시작한 지 20분쯤 지났는데 중급 강화사까지 필요한 포인트를 거의 다 쌓은 거다.

 숙련도가 오를수록 강화석에서 결정체를 추출해 낼 확률도 오른다.

 이게 마스터급 강화사가 되면 30퍼센트쯤 되는 모양인데, 대륙에서 스미든이 유일하다고 했다.

 그러니까 스미든은 설명을 할 때 본인을 정점으로 잡고, 그 위로 올라가는 건 불가하다고 말해 준 거다.

 맞는 말이다.

 오늘 처음 강화술에 입문한 사람에게 마스터급 이상을 운운하는 건 허파에 바람 넣는 일이다.

 하지만 강철은 그런 거 아무래도 상관없었다.

 본인의 의지로 어디까지 도달할 수 있느냐 물었을 때, 상대가 그 한계를 두는 건 결단코 사절이다. 그저 '이 방향으로 나아가면 어디까지 도달할 수 있다.' 정도면 충분한 거다.

"어쨌거나 이 짓거리 계속하면 강화술이 오른다는 거 아니냐?"

"언젠가 벽은 오겠지만······."

깡-! 까- 앙!

또또!

곡괭이질 사이에서 강철이 쏘아보자 스미든은 얼른 입을 닫았다.

'어린놈이 성질 한번 더럽네.' 싶은 표정이었지만, 스미든은 별다른 불만을 토해 내진 않았다.

대신,

깡-! 까- 앙!

"계속 두드리면 오르긴 오른다네. 무한정 오르기야 하지. 효율이 떨어져서 다들 포기하는 구간이 있긴 하네만. 흠흠! 그런 얘긴 듣기 싫어하는 듯하니 이쯤 하기로 하겠네."

얼른 방향을 트는 스미든의 노력을 읽었을까?

깡-! 까- 앙!

"이왕 하는 거, 제대로 합시다. 한계 두지 말고! 쫌!"

다른 것도 아니고, 자기 노력을 믿으라는 건데!

"아, 알았다니까."

스미든은 멋쩍은 얼굴로 얼른 망치를 집어 들었다.

권경우는 자신의 뒤를 따르는 병력을 바라봤다. 제논 길드원들이야 늘 봐 왔으니 별 감흥이 없다지만, 뒤에 선 카오스 길드원들은 힐끔 돌아보는 것만으로 느낌이 달랐다.

뭐랄까? 몸에서 뿜어져 나오는 기운이 다르다고 해야 할까?

기백이 남다르다고 하면 맞을까.

여하간 뭐가 달라도 다른데, 권경우로서는 그게 뭔지 설명하기 힘들었다.

'총알받이 선발대라지만, 가장 앞에 서니 이건 또 기분이 묘하구만.'

놈은 마치 선봉장이라도 된 양 어깨를 들썩였다.

이런 멍청한 새끼!

강철이 봤으면 강한 놈에게 빌붙어 콩고물이라도 얻어먹는 꼴이라고 욕을 바가지로 퍼부어 주었을 텐데.

그러나 권경우는 그런 거 신경 쓰는 인간 아니었다.

수단과 방법을 가리지 않고서라도 맨 앞에만 설 수 있으면 그걸로 족하는 인간이 권경우였다.

하지만 쥐뿔도 없으면서 나서다 보면 부족한 능력이 꼭 발목을 잡곤 한다. 지금이 딱 그랬다.

「왜 자꾸 같은 곳을 도는 거야?」

카오스 길드 마스터 인면수심에게서 날아든 귓말이었다.

안 그래도 대체 어디에 작업장이 있다는 건가 마음 졸이던 권경우였다.

「다, 다 온 것 같습니다.」

놈은 황급히 길드원들에게 신호를 보냈다. 어떻게든 스미든의 작업장을 찾아내란 뜻이었다.

하나 이 잡듯 뒤져 찾아낼 거였으면 진즉 발견하고도 남았을 거다.

드래곤의 결계가 쳐져 있단 정보는 들었는데, 그게 구체적으로 어떤 건지 본 일이 없으니 같은 자리를 맴도는 게 당연했다.

그럼 무슨 수라도 내야 하건만, 이런 상황에서 권경우는 특히나 무능력했다.

「일부러 그러는 거야?」

인면수심의 호통이 떨어지자,

「죄, 죄송합니다! 다 왔습니다!」

놈은 넋이 나간 표정으로 답신을 보내는 게 고작이었다.

「똑같은 말을 몇 번째 하는 거야!」

「어, 얼른 찾아내겠습니다.」

귓말로 독촉은 해 대면서도 카오스 길드는 절대 앞장서지 않았다. 아리엘의 기습에 당하는 건 철저히 제논 길드로 한정돼야 한다는 생각 때문이었다.

"개새끼들! 그렇게 급하면 지들이 앞장서든가."
권경우의 혼잣말은 그래서 더 부질없었다.

꺄앙!
강철은 강화석을 두드리고,
"대단하구만!"
스미든은 리액션을 담당했다.
시킨 것도 아닌데, 참…….
아리엘은 옆에서 그 모습을 빤히 지켜봤다.
깡-! 까- 앙!
정말이지 빤히 지켜봤다.
하긴 그녀도 겁날 거다. 이 비싼 템 맡겨 두고 딴짓하면 그게 이상한 거다.
"부담 좀 드려도 돼요?"
시키지도 않은 말을 잘도 하는 거 보면 아리엘은 강철이 많이 편해진 모양이다.
강철은 아리엘 쪽을 슬쩍 돌아봤다.
"강화만 되면 들고 가서 다 때려잡을 거예요."
이글이글 타오르는 눈만 보면 스미든보다 나은 것 같기도 하고.

시작부터 한계를 정해 놓고 움직이는 스미든보다야, 레전드리 템 같은 거 깨져도 좋으니 더 강해지고 싶다고 우기는 아리엘이 강철 스타일에 더 맞기도 했다.

깡! 까앙!

강철은 그 눈빛에 대답하듯 곡괭이를 두드렸다.

'어쨌거나 이 일 성공하면 나도 3천만 원 받거든. 너 위한 건 아니라도 최선을 다하긴 할 거야.'

강철의 눈빛을 읽었을까?

아리엘이 거기서 더 눈을 빛냈다.

"은혜는 꼭 갚을 겁니다. 허투루 잊고 그러는 여자 아니라고요."

누가 뭐랬냐?

아직 제대로 시작도 안 했는데, 오버하기는.

그래도 이왕 은혜 갚는다는데 확실히 해 둬서 나쁠 거 없으니까.

깡-! 까- 앙!

"뭐 해 줄 건데?"

뻔뻔하게 이런 말 잘도 한다. 노력해서 얻는 대가 앞에 강철은 잘도 뻔뻔해진다.

공짜로 달라는 거 아니니까.

그게 강철의 방식이었다.

"확실히 말해. 나중에 딴소리할 거면 그냥 지금 취소하고."

"딴소리 안 하거든요?"

깡! 까- 앙!

곡괭이질 하면서 말하는 것쯤 지금은 일도 아니다.

[중급 강화사의 강화술 숙련도가 10 올랐습니다.]

[상급 강화사로 승급하셨습니다.]

봐라. 뻥 아니지.

강철은 아리엘 쪽을 슬쩍 바라봤다.

대단한 거 줄 것처럼 해 놓고 애먼 소리 하기만 해 봐라.

슬쩍 부담도 줄 겸 해서였다.

그러나 아리엘은 뜻밖의 제안을 해 왔다.

깡-! 까- 앙!

"소원 하나 들어드릴게요."

소원 같은 소리 하고 자빠졌네!

일 없다, 그런 거.

"진짜예요. 그게 뭐라도 들어드릴게요. 아, 레비아탄의 스태프 달라고 하시는 것만 빼고요."

"스태프 하나 강화한다고, 모든 길드와 싸울 수 있다고 생각하는 거냐? 정말?"

"그런 건 몰라요. 놈들이 먼저 덤볐으니까 붙어 주는 것뿐이에요. 내가 죽든, 놈들이 다 죽든 끝장을 봐야죠. 그러려고 강화도 하는 거고요."

깡-! 까- 앙!

깡다구 하나는 인정한다.

그래. 이왕 강화해서 남 주는 거면 저런 사람을 위해 하는 것도 나쁘진 않겠다.

봐라. 저 눈에 독기 어린 거.

어설픈 재능을 믿을 바에야 저런 눈에 걸어 보는 편이 백 번 낫다.

재능은 선물처럼 주어지지만, 독기는 오롯이 혼자 힘으로 쌓아 가는 거니까.

그래. 그 노력으로 유저들 많이 때려잡아 다오.

유저들끼리 싸우는 거야 마왕으로서 두 손 들고 환영할 일이니까!

"어쨌건 소원 하나는 꼭 들어드릴게요."

그러든지 말든지.

이왕이면 돈 되는 걸 받으면 더 좋겠다만, 뭐 그건 보너스 개념이고 진짜 중요한 건 3천만 원인 거다.

깡-! 까- 앙! 깡-! 까- 앙!

강철이 별다른 대꾸 대신 가열차게 곡괭이질을 이어 나갈 무렵이었다.

삐이익-!

날카로운 소리가 들려왔다.

제일 먼저 반응한 건 스미든이었다.

스미든은 소리가 들려온 입구 쪽을 향해 고개를 돌렸다.

다음이 강철, 아리엘 순이었다.

"저게 뭐지?"

스미든이 놀라 탄성을 터뜨렸다.

결계 밖에는 수십 명의 인원이 입구를 찾아 두리번거리고 있었다.

결계의 유무는 알지만 그게 구체적으로 뭔지는 모르는 놈들 같았다. 어떻게든 찾아내려고 하는데 뜻대로 안 되는 게 분명했다.

그놈들로 끝이면 놀랄 것도 없는데, 한참 뒤로 점처럼 보이는 다른 무리가 또 있었다.

보이는 것만 백은 가뿐히 넘어가니, 보이지 않는 놈들까지 치면 수백은 될 게 분명해 보였다.

"카오스 길드!"

아리엘이 먼저 소리쳤다. 그녀는 득시글거리는 무리에게 눈을 고정시킨 채였다. 앞장선 제논 길드 따위, 사람 취급 안 하는 눈이었다.

"토벌대가 들이닥쳤나 봐요."

염병! 넥씨 놈들이 가만있을 리 없다 싶었는데, 이거였나?

자세한 사정이야 알 수 없지만 지금까지 번 돈 날려 먹을 위기라는 것만큼은 확실해 보였다.

"아직 멀었나요?"

"멀었다."

강화에 필요한 포인트를 습득하려면 한참 멀었다.

그러나 강철의 대답과는 달리,

"지금이라도 할 수가 있긴 하네."

스미든은 자신이 직접 두드리는 걸 말한 모양이다.

아직 저 양반이 미련을 못 버렸나.

'나는 여기에 3천만 원 달렸다고!'

강철은 스미든을 쏘아본 뒤, 얼른 아리엘에게 고개를 돌렸다.

"지금은 아니야. 실패하면 상황만 더 악화돼. 지금은 어떻게든 있는 조건에서 싸우는 게 맞아."

강철은 얼른 스태프를 들어 아리엘에게 던졌다.

척!

꽤 묵직했으나, 아리엘은 무리 없이 받아 냈다.

"포션 같은 거 있어?"

강철이 스미든을 보며 물었다.

스미든은 어리바리한 표정으로 주위를 두리번거렸다. 그러다 곧,

"나는 대장장이야. 포션 같은 건 필요 없다구."

그래. 기대도 안 했다.

"넌 있어?"

마법사니까 좀 가지고 다닐 거 아냐?

"저 정도 규모를 견딜 정도는 아니에요."

아리엘은 말을 함과 동시에 마법을 캐스팅하기 시작했다. 결계 앞에서 얼쩡거리는 놈들을 처리하기 위함이었다.

그러자 강철은,

"하지 마."

"예?"

"마나 쓰지 말라고. 딱 봐도 허접한 놈들 앞에 배치한 거 안 보여? 네 마나 빼려는 속셈인데, 거기다 마법을 쓰면 어떡해?"

포션이 있는지 물었던 것도 그 때문이다.

마나통과 포션을 정확히 계산하지 않고서 이 정도 싸움에 임한다면 그건 기본이 안 돼 있는 거다.

정확히 계산해야 한다.

싸울지, 피할지는 그 뒤에 결정한다.

강철이 머리를 굴리는 동안 아리엘은 놀란 눈이 되어 그를 바라봤다.

200레벨도 안 되는 유저다.

대단한 건 인정하지만, 그건 곡괭이에 한해서였다.

당연히 지금 상황에서 명령을 내리는 쪽은 아리엘이어야 한다. 한데 자신이 당황하는 동안 그보다 빠르고 정확하게 상황을 파악하는 능력이라니.

무엇보다,

'저 침착함은 도대체 뭔데?'

아리엘의 말처럼 강철은 눈에서 독기를 뿜어 대며 적들을 바라보았다. 전에 없이 진지한 표정이었다.

렙업하는 마왕님

이깟 전투 수없이 겪어 봤다.

물론 누가 쳐들어오는 거 막아 본 적은 없고, 혼자 다 때려 부순 게 좀 다르긴 하다만.

어쨌건 전투라면 강철도 남부럽지 않게 겪어 봤다.

명령을 내리는 건 그래서였다.

레벨은 아리엘이 높을 수 있어도, 짬밥과 정상에 있어 본 시기만큼은 결코 강철에게 비할 바가 아닌 거다.

전투 상황에서 보이는 집중력은 그래서 달랐다.

"스미든, 전투 기술은?"

"자, 자신 없소."

강철은 얼른 스미든의 눈을 살폈다. 확실히 장비만 두들겨 봤지, 무기를 들어 본 적 없는 눈이었다.

"결계가 깨지는 데까지 걸리는 시간은?"

"모르오."

이 대답 역시 기대 안 했었다.

결계 바깥 맨 앞줄에 선 놈, 전에 분명히 봤다.

저 새끼 자꾸 만나네?

어쨌거나 저놈이 결계를 뚫지는 못할 거다.

그러나 저 멀리 진을 치고 있는 숫자 정도 되면 이까짓 결계쯤 시간문제였다.

"스미든."

"응?"

"전투는 못해도 입구를 좁힐 수는 있잖아?"

스미든은 '어떻게?'라는 표정으로 물었다.

"장비들 다 끌어다가 벽을 쌓는 거야. 적들이 우르르 몰려올 수 없게. 일렬로 들어오도록."

성벽 쌓으란 거 아니다. 금방 무너질지언정 일단 적이 일렬로 진형을 짜도록 유도하란 뜻이다. 그래야 단일 마법 한 방에 최대한 많은 수를 잡을 수 있다.

"차라리 한 방에 날려 버리고, 후발대가 들이닥치기 전에 마나를 회복하고 있는 게 낫지 않을까요?"

그래도 전투 몇 번 겪어 봤다고 아리엘이 의견을 내놓았다.

"마나통이랑 포션 다 더해서 네가 쓸 수 있는 마나가 얼만데?"

"6천가량 돼요."

"가량?"

정확하게 말 안 해?

강철이 아리엘을 쏘아봤다. 그녀는 그 눈을 피하지 않았다.

"계산해 봐야 정확하게 알 수 있어요."

염병!

"저놈들 주 병력은 어떻게 되는데?"

"흑마법사 중에 인면수심이라고 있어요. 소환수를 주로 다루는 흑마법사예요."

그녀의 얼굴이 밝지 않았다.

흑마법사는 주문형과 소환형, 두 갈래로 나뉜다.

아리엘의 표정을 보니, 그녀는 소환수를 다루는 흑마법사를 까다로워하는 모양이었다.

"마법을 쓰면 소환수를 방패 삼는 거예요. 자연히 승부가 길어지고, 마나 소모가 많아지죠."

일대일이면 모를까, 1 대 다수의 싸움에서 마나 소모가 많아지면 뒤는 없다.

결국 잔챙이는 어떻게 해 보겠지만, 상대 수장까지 상대하기 쉽지 않다는 거잖아?

이 정도 싸움이면 결계가 깨지기 전에 얼른 도망치는 편이 여러모로 낫다. 도망가는 방법이야 찰스에게 마법진을 그려 달라면 그만인 거고.

"어이쿠!"

스미든은 자신의 키보다 몇 배는 큰 장비들을 결계 입구로 옮기느라 용을 쓰고 있었다.

아리엘은 지형지물을 체크하며, 언제 어떻게 마법을 쓸지 나름대로 계산을 하는 중이었다.

마법진을 쓰면 강철은 무사히 귀환할 수 있다.

하지만 저 둘은 그냥 죽는다.

사실 뭐 강철이 정의의 사도도 아니고, 벌어 둔 1,700만 원 베팅해 가며 저 둘 지켜 내고픈 마음까진 없다.

누가 뭐래도 오늘 처음 만난 사이인 거다.

그런 사람들을 위해 1,700을 건다는 건 강철로선 말도 안 되는 일이었다.

오히려 강철이 이곳에 남아야 한다면,

띠링-!

[스미든의 작업장을 이탈하실 시에 '아리엘의 도움' 퀘스트는 자동 취소됩니다.]

바로 이 퀘스트다.

느닷없이 떠오른 경고창에 강철은 온 신경을 집중했다.

'그니까 여길 뜨면 강화 퀘스트가 날아가는 거고, 3천만

원 벌 기회도 사라진다, 이거잖아?'

 지금 있는 돈을 지키기 위해 마법진 타고 튀느냐! 3천만 원 더 벌기 위해 무모해 보이는 싸움에 동참하느냐!

 하여간, 세상 어느 것 하나 쉬운 일이 없어요.

 "하아!"

 깊은 한숨을 내쉰 강철은 결심이 선 양 시스템창을 띄웠다. 그리고 곧,

 [각성진화를 활성화하셨습니다.]

 메시지가 떠오름과 동시에,

 파바밧!

 황금빛 기운이 강철의 온몸을 휘감았다.

※

 욕심만으로 희망 없는 싸움에 동참한다면 그건 멍청한 거다.

 강철은 어디까지 싸울 수 있는지 순간적으로 판단하였고, 그 결과대로 움직였다.

 그 증거로, 각성진화가 완료되는 동안 강철은 얼른 케인에게 메시지를 날렸다.

 「케인!」

 대꾸가 없었다.

미안한 말이지만, 강철도 여기까진 계산 못했다.

「케인! 뭐해!」

젠장! 이런 일 여태껏 한 번도 없었는데.

강철은 얼른 찰스로 선회했다.

「찰스, 듣고 있어?」

「무슨 일인가?」

다행히 금방 답신이 날아왔다.

「마계에 갈 수 있어?」

「마계? 마계엔 왜?」

「왜는 묻지 말고, 갈 수 있는지만 말해.」

「갈 수야 있지. 자네가 파 놓은 땅굴을 거슬러 올라가면 될 일 아닌가.」

그래, 그거라면 어렵지 않겠다.

「그럼 얼른 가서 케인이란 놈을 찾아봐. 그리고 무기고로 달려가서 마나 회복 포션을 있는 대로 가져오는 거야.」

「나보고 마왕성에 가란 얘긴가?」

「여태 뭐 들었어?」

강철은 얼른 고개를 들어 결계를 살폈다.

처음엔 긴장한 듯했던 스미든도 어느덧 평정심을 찾은 모습이었다.

무게가 꽤 나가는 장비들을 주욱 쌓아 두고는 드워프 특유의 눈빛으로 '어떻게 하면 좀 더 성벽처럼 견고히 쌓을 수 있을까.'를 고민하는 폼이 딱 그랬다.

아리엘은 마법에 관한 한 모든 계산이 끝난 표정이었다.

그래. 이제 포션만 공수하면 된다.

강철은 다시 메시지창을 보았다.

「마왕성이야. 마왕의 성이라고. 함부로 들어갈 수 있을 리가……..」

「내가 마왕인데, 뭔 걱정이야!」

「으응? 네가 마왕이라고?」

이런 거 일일이 설명할 시간 없다.

「얼른 케인을 찾아. 포션을 있는 대로 가져오는 거야. 이해됐어?」

「아니, 그게…….」

「스피츠와 관계된 일이야!」

염병!

엉겁결에 나온 말이었다.

스피츠가 준 퀘스트를 깨기 위한 일 중 하나니까, 뻥이 아니긴 한데.

「당장 가겠네! 더 말해 뭐하겠는가!」

효과는 좋았다.

어쨌건, 이쪽은 찰스에게 맡긴다.

강철은 메시지창을 닫고는 얼른 아리엘을 보았다.

"스미든이 왜 길을 좁히고 있는지는 알지?"

"관통 마법을 쓰기 위한 최적의 조건을 만들고 있는 것 같은데요?"

"선봉대쯤은 한 방에 해결해야 돼. 자신 있어?"

아리엘은 대답 대신 벌써 관통 마법을 캐스팅하는 중이었다. 거대한 얼음 창을 날리려는 모양이었다.

"마나 관리를 해 가며 싸우면 꽤 버틸 수 있을 거예요."

"꽤?"

"아차차!"

전투에 임할 때 추상적인 표현은 절대 금지다.

이렇게 합을 맞춰 싸워야 할 때는 더더욱.

"10분. 적의 3분의 2까지는 괴멸시킬 수 있어요."

"3분의 2에 인면수심이라는 놈은 포함돼 있지 않겠고."

"애석하게도."

결국 적의 핵심 인원을 처리하기도 전에 마나는 다 빠진다는 얘기다.

"곧 포션이 올 거야."

아리엘은 그게 무슨 말이냐는 듯 강철을 바라봤다.

"괴멸시킬 필요 없어. 포션이 올 때까지 버티는 게 목표다."

"후우!"

묻고 싶은 게 산더미 같았지만, 강철의 굳은 표정과 단단한 눈빛이 질문을 허용하지 않았다.

강철의 두 눈은 오로지 믿고 따르라고 말하고 있었다.

그것만이 유일한 살길이라는 듯이.

그런 태도가 허세처럼 느껴지지 않았던 건 온몸에서 뿜어져 나오는 기운 때문일 거다.

레벨로는 설명이 되지 않는 알 수 없는 기운.

아리엘은 아랫입술을 꾹 깨물었다.

"버틸게요. 어떻게든 버텨 볼게요."

"좋아."

"부탁 하나 드려도 될까요?"

"탱커가 필요한가?"

아리엘의 눈이 휘둥그레졌다. 자신의 마음을 훤히 들여다보고 있는 것 같아서였다.

"무리겠죠?"

곡괭이질 하는 남자와 대장장이 드워프 중 탱커 역할을 할 사람은 없어 보였다.

탱커 없이 마법사 홀로 전투를 벌인다는 게 얼마나 어려운 일인지 그녀는 경험으로 알았다.

그녀가 무거운 표정으로 스태프를 말아 쥘 때였다.

[각성진화가 완료되었습니다.]

[베인의 사이드가 지급되었습니다.]

[곡괭이 숙련도가 계승되었습니다.]

[사이드 숙련도를 2,200포인트 부여받았습니다.]

메시지창이 떠오른 동시에 강철의 몸에서 금빛 광채가 뿜어져 나왔다.

강철은 손에 쥔 사이드를 내려다봤다. 묵직했지만 손에 착착 감기는 느낌이 일품이었다. 숙련도 2,200을 부여했다더니, 그 때문인 듯했다.

"탱커?"

강철은 아리엘 쪽을 바라봤다. 그녀는 강철의 변화에 놀랐는지 대답 대신 눈을 한데 모았다.

"탱커가 뭐 별건가? 딜러 앞에 서면 그게 탱커지."

강철은 사이드를 까닥이며 성큼성큼 걸음을 옮겼다. 그러고는 다부진 눈으로 결계 바깥을 노려보았다.

돌아서 있어서 강철이 볼 수 없었지만, 아리엘과 스미든이 멍하니 바라볼 정도로 강렬한 느낌이었다.

쿵쿵쿵쿵!

찰스는 강철이 낸 땅굴을 열심히 뛰어가고 있었다.

스피츠를 위한 일이라고 했다.

드래곤이 직접 관계된 일은 아닐지 모른다. 강철의 말이 넓은 범주의 것임을 그는 모르지 않았다.

오죽 급했으면 자신에게 부탁을 했겠는가.

말 못할 사정이 있으리라 생각하고, 그러겠노라고 답한 거였다.

쿵쿵쿵쿵!

강철이 스피츠의 이름을 함부로 팔 위인은 아니라는 것쯤 찰스도 충분히 알았다.

그간 함께한 시간 속에서 그 정도 신뢰야 차고 넘치게 쌓았다.

어떤 방식으로든 스피츠와 연관이 있는 일일 거다.

그 정도면 충분하다. 스피츠를 위해 바칠 목숨이야 언제고 준비되어 있으니까.

쿵쿵쿵쿵!

발을 내디딜 때마다 땅이 움푹 파였다. 힘이 더 들어가는 탓인지 그 깊이가 점점 더해졌다.

어두운 땅굴 속, 그의 머리에 땀이 가득할 때쯤 저 멀리 빛이 보였다.

초입을 뜻하는 빛 때문일까.

쿵! 쿵! 쿵! 쿵!

찰스는 두 발에 더욱 힘을 가했다.

☞

스미든의 옆으로 드높은 벽이 보였다. 장비로 쌓아 올린

옹벽이었다.

강철과 눈을 마주쳤을 때, 스미든은 후우! 참았던 숨을 내쉬었다.

"베인의 사이드로군."

강철은 고개를 끄덕였다.

"베인이라면 대륙을 두려움에 떨게 했던 사신이야. 그래. 그 사이드를 들고 수많은 용사의 목을 베었지."

"고생했어."

강철은 흰 수염이 다 젖을 정도로 땀을 흘리는 스미든에게 시선을 주었다.

"뒤로 빠져 있어. 나머진 우리가 알아서 할 테니까."

"내가 도울 일이 더 있지 않을까?"

경험 많은 드워프라도 그건 장비에 한해서다. 떨리는 눈으로 그런 말을 뱉어 준 거면 충분했다.

"전투가 끝나면 마계에 다녀옵시다."

"응?"

무기고에 꺠 먹어도 될 장비 숱하게 많으니까.

강화술은 거기서 배우는 거다.

"일단 들어가 계셔. 자세한 이야기는 끝나고 해 줄 테니까."

"그래도 자네들이 그렇게 힘쓰는데 어찌 나 혼자 집에……."

"얼른!"

"지, 지금 가려던 참이었어."

스미든은 후다닥! 집으로 뛰어 들어갔다.

쾅!

일부러 소리 나게 문을 닫은 그는 창문에 빼꼼히 눈만 내밀었다.

도움이 안 된다곤 해도 그들이 싸우는 모습을 끝까지 지켜보는 게 도리라고 생각했기 때문이다.

강철은 그 시선을 모르지 않았다.

뭐, 저런 것까지 뜯어 말릴 순 없는 거니까.

"으아아아!"

결계 밖에서 들려온 소리였다.

아까보다 훨씬 생생하게 들려오는 걸로 봐선 결계가 당장 깨져도 이상하지 않았다.

"부숴라!"

놈들의 걸음걸이마다 피어오르는 흙먼지가 거대한 악령처럼 이곳을 덮쳐 오는 듯했다.

강철은 결계 근처에서 놈들을 맞이할 준비를 마쳤다. 그 뒤로 멀찍이 아리엘이 스태프를 든 채 서 있었다.

"준비됐지?"

"한참 전에 끝났거든요?"

"명령은 내가 내릴 거야."

아리엘은 고개를 끄덕였다.

"불만 있으면 지금 얘기해."

"얼른 끝내고 강화나 해요."

 말은 잘한다. 그나마 저것도 여유가 있으니까 하는 거다. 랭킹 1위라더니, 저런 면은 제법 마음에 들었다.

 마법 대비 마나량, 데미지 산출할 땐 아직 멀었지만, 뭐 어쨌든.

"앞으로 10초."

 강철의 말에 아리엘은 스태프를 그러쥐었다.

 '집중하자. 일단 관통 마법으로 최대한 많은 수를 쓰러뜨리는 것만 생각하는 거야.'

"5초."

 팽팽한 랩에 손가락 하나를 찔러 넣은 것처럼 결계가 팽창하는 게 보였다.

 강철은 찰스가 구해 줬던 그날을 떠올렸다.

 오늘은 곡괭이 대신 사이드를 들었다.

 그딴 굴욕, 다신 없어야 한다.

 쩌저저적!

 바닥에 내던져진 유리처럼 결계가 사방으로 터져 나갔다. 그 틈으로 제논 길드원들이 머리를 들이밀었다.

"온다!"

 강철은 놈들에게 튀어 나가며 사이드를 크게 휘둘렀다.

서경!

강철의 사이드가 섬뜩한 소리를 뿜어냈다.

결계를 부수고 무작정 전진하던 놈들에게 강철의 공격이 날아든 거였다.

슈우욱! 스그긍!

척!

그러나 한 방 먹었다 뿐, 적들은 금세 일어났다.

게다가 큰 충격은 없다는 듯 저마다 비릿한 미소를 그리며 강철에게 달려들었다.

"후우."

강철은 놈들이 다가오는 만큼, 딱 그만큼만 뒤로 빠지며 사이드를 휘둘렀다.

피슛!

노렸던 대로 사이드의 공격 효과는 미미했다.

스치며 핏방울이 배어 나오긴 했지만 전력에서 이탈될 정도는 아니었다.

그때였다.

"저, 저놈!"

앞장선 것도 아니고 뒤로 빠진 것도 아닌, 애매한 위치에서 미적대던 권경우가 강철을 발견하곤 눈을 부라렸다.

"저 개새끼! 내 무기 털어 간 새……. 읍읍!"

길드원들한테 템 털렸다는 말을 차마 할 수 없었을까.

놈은 얼른 자신의 입을 틀어막았다.

칼을 뽑아 든 건 그다음이었다.

스-긍!

급조한 12강 바스타드 소드였다.

"뒈져라!"

놈은 동료들을 뚫고 강철에게 달려갔다.

안 그래도 이놈 저놈의 칼을 받던 강철에게 한 놈 더 붙은 꼴이 되었다.

강철은 큰 원을 그리며 돌고 있었다. 꼬리잡기를 하듯 적들이 강철의 뒤를 따랐다.

슉슉!

등 뒤로 칼이 스쳤다.

권경우였다.

길마가 눈이 뒤집혀서 덤비니, 길드원들의 시선 또한 강철에게 집중되었다.

탁! 탁!

서경! 서경!

백스텝을 밟을 때마다 사이드를 휘둘렀지만 권경우는 끄떡도 하지 않았다.

근처에 있던 놈들도 마찬가지였다.

강철의 공격은 미미했다.

처음엔 좀 피하려 들던 놈들도 이젠 그냥 맞아 주는 게 낫겠다며 몸을 들이밀 정도였다.

슈슈슈슈슈슉!

적들은 거침이 없었다. 제일 날뛰는 건 역시나 권경우였다.

"병신 같은 놈! 한 방만 노리던 놈이 무기를 바꾸곤 그마저도 사라진 모양이로구나!"

놈은 열심히 강철의 뒤를 따랐으나, 잡힐 듯 잡힐 듯 강철은 자꾸만 놈의 손을 벗어났다.

특별한 스킬이라서가 아니었다. 남들보다 민첩에 투자를 한 것도 아니었다.

오로지 순간순간 발휘되는 전투 센스.

수많은 경험을 바탕으로 한 강철 특유의 감각이었다.

"이 개새끼가!"

부웅!

잔뜩 약이 오른 권경우가 크게 휘둘렀다. 그 정도쯤 눈 감고도 피한다는 듯 강철은 보지도 않았다.

"헉헉!"

놈은 숨을 몰아쉬었고, 강철은 한쪽 방향으로 돌고 있었다.

척!

크게 원을 그리며 스텝을 밟던 강철의 걸음이 멈춰 선 건 그때였다.

장비로 쌓은 옹벽 사이에 선 강철에게 더는 퇴로가 없었다.

미처 들어오지 못한 제논 길드원들이 밖을, 꼬리를 물려고 따르던 놈들이 앞을 막아선 거였다.

"더 도망가 보시지?"

자신이 한 건 아무것도 없으면서, 마치 이 모든 걸 설계한 양 권경우가 킬킬댔다.

놈은 드디어 올 게 왔다는 양, 검을 품는 특유의 자세를 취해 보였다.

"오러 블레……."

그때였다. 주위를 살핀 강철은 흡족한 미소를 지어 보였다.

"잘 가라."

짧게 뱉은 말은 분명 강철의 입에서 나온 것이었다.

순간 권경우의 얼굴에 의문이 피어올랐다.

'허세라고 보기엔 너무 여유가 넘치는데?'

팟!

그 순간 강철이 높이 뛰어올랐다.

그게 뭘 의미하는지 알 길 없는 적들은 강철이 뛰어오른 곳으로 고개를 치켜들 뿐이었다.

'이게 뭐지?'

멀리서 모든 상황을 지켜보던 아리엘은 자신의 생각이 맞는지 계속 곱씹어 보았다.

강철의 남다른 상황 판단은 인정한다.

그건 레벨과 관계없는 거니까.

게임 밖에서 충분한 지식을 쌓았다면 남들보다 빨리 판단을 내릴 수도 있는 거다.

하지만 지금의 움직임은 어떻게 설명해야 하는가?

강철은 큰 원을 그리며 스텝을 가져갔다.

닿을 듯 닿을 듯 닿지 않으니, 적들은 약이 올라서라도 강철을 맹렬히 쫓았다.

'놈들을 몰고 있어. 내가 한 방에 쓸어버릴 수 있도록 적들을 한데 모으고 있는 거야.'

저건 S급 탱커들의 스킬이다. 말 그대로 게임상에 구현된 어그로 '스킬'인 것이다.

그러나 강철은 탱커의 스킬을 찍지도 않고 단순히 본인의 전술만으로 적들을 몰고 있었다.

보고도 믿기 어려운 광경이었다.

저게 가능한 일이라면 어그로에 꼬박꼬박 스킬 찍어야 하는 탱커 따위, 아무도 안 키울 거다.

아리엘은 강철의 움직임을 하나도 놓치지 않겠다는 양 눈에 불을 켜고 바라봤다.

'특별히 민첩한 것도 아닌데, 사방팔방에서 쏟아지는 공격을 어떻게 죄다 피할 수 있는 거지?'

방법이 없는 건 아니다. 전투가 벌어지는 상황을 하나부터 열까지 머릿속에 그리고, 그대로 재현해 낼 수만 있다면 가능한 일인지도 모른다.

그런 게 실제로 일어날 수 있는 일이라면 말이다.

아리엘은 고개를 저었다. 말도 안 된다는 생각 때문이었다.

그러나 자꾸만 '혹시나' 하는 마음이 들었다.

'예상치 못한 전투 앞에 그토록 냉철한 판단을 내릴 수 있는 사람이라면…….'

정말, 그래서 이 전투를 시작부터 끝까지 머릿속에 그릴 수 있는 사람이라면…….

"든든하긴 하겠네요."

아리엘은 입가에 미소를 드리웠다.

타다다닥!

강철은 그 웃음에 대꾸라도 하듯 열심히 사이드를 휘둘렀다. 별 효용 없는 공격이었으나, 덕분에 놈들은 더 열광적으로 강철을 쫓았다.

"응?"

그때였다. 놈들의 진형이 한눈에 들어왔다.

아리엘은 본능적으로 아이스 계열 관통 마법을 캐스팅했다.

왼손을 앞으로 쭉 내밀고는 오른손을 뒤로 바짝 당겼다. 보이지 않는 활을 들고 있는 자세였다.

적들이 한데 모여 있었다. 옹벽을 둘러싼 채로, 더구나 일렬이었다.

"잘 가라."

강철의 목소리를 들은 그녀는 그것이 신호임을 직감했다.

그 순간,

'저 남자라면 이 싸움의 처음과 끝을 머릿속에 그려 둘 수도 있지 않을까?'

말도 안 되는 생각이 떠올랐다.

"하앗!"

아리엘은 미련 없이 시위를 놓았다.

콰과과과!

거대한 얼음 화살이 적들의 등을 노리며 호쾌하게 쏘아져 나갔다.

권경우는 뭔가 상황이 잘못됐다는 걸 직감했다.

특별한 능력은 아니었다. 뒤에서 '콰과과과!' 소리가 귀청을 찢을 듯 들이닥쳤으니, 귀가 있으면 그것쯤 느껴야 정상이었다.

놈은 뭔가 대단한 걸 발견한 것처럼 길드원들에게 명령을 내리려 했다.

자신에게 날아오는 얼음 화살이 이미 뒤편에 있던 동료들의 심장을 관통한 것도 몰라 놓고 말이다.

"커헉!"

"크어억!"

이제 마법이 날아오는 소리보다 동료들의 비명 소리가 더 크게 들려왔다.

닿으면 관통되는 거야 말할 것도 없고, 근처만 있어도 온몸이 얼어붙었다.

유저 랭킹 1위의 마법이다.

명문 길드 여럿이 노렸음에도 여태 버텨 낸 아리엘에게 제논 길드 하나쯤 일도 아닌 거다.

콰아아아! 쿠궁!

마법 하나 쏘아 냈을 뿐인데, 9할의 병력이 흔적도 없이 사라져 버렸다.

순식간에 벌어진 일이었다. 그 모습을 바라보던 아리엘은 '꿀꺽!' 마른침을 넘겼다.

'정말 놀라워.'

한 번에 다 죽일 것 같았으면 광역 마법을 사용했어야 옳다. 마나 소모는 많아도 딱 한 방이면 제논 길드쯤 충분히 몰살시킬 수 있을 테니까.

그러나 이건 관통 마법이다. 마나 소모량이 적은 대신 다수를 노리기 정말 어렵다. 강철이 몰아 주지 않았다면 아리엘로선 4할도 채 힘들었을 정도였다.

한데 그것으로 9할을 해치웠으니, 그녀가 놀라는 건 당연한 일이었다.

아리엘은 강철을 바라봤다. 강철은 아쉬운 표정을 짓고 있었다. 정말 한 방에 모든 적을 처리할 생각이었다는 듯이.

아리엘은 그런 강철의 태도에 혀를 내두르며 얼른 마법을 캐스팅했다. 남은 적들을 처리하기 위함이었다.

그러나,

"그만."

강철의 말에 그녀는 캐스팅을 멈춰야 했다.

"······?"

강철은 사이드를 고쳐 쥐고 있었다. 나머지 적은 본인에게 맡기라는 듯이.

그럴 수 있겠냐고 물으려던 그녀에게 강철은 옹벽 너머를 가리켰다.

막타 뺏지 마라. 뒈진다 • 317

과연 뿌연 먼지가 해일처럼 솟아올라서는 이곳을 향해 진군해 오고 있었다.

아리엘의 마법을 신호탄으로, 카오스 길드가 이곳으로 내달려오는 것이 분명했다.

"좌표 찍어 줄까?"

꽤 떨어져 있었건만, 아리엘은 그의 목소리가 귀에 꽂히듯 생생했다.

"아니에요. 괜찮아요."

그녀의 답이 다부져서 강철은 다른 말을 하지는 않았다.

강철은 남은 잔당들에게 고개를 돌렸다.

놈들은 죽을 뻔했다는 공포와 살아남았다는 안도감이 뒤범벅된 얼굴을 하고 있었다.

스그긍!

강철은 사이드를 빼 들었다. 휘어 있는 날에서 맹렬한 기운이 뿜어져 나왔다.

그오오오-!

아까와는 사뭇 다른 분위기였다.

이까짓 놈들한테 뺏길 시간이 없다는 듯, 강철은 얼른 사이드를 휘둘렀다.

서거거겅!

나란히 서 있던 넷이 한 몸처럼 앞으로 쏟아졌다.

얼이 빠져 있던 제논 길드원들이 퍼뜩 정신을 차린 건 그

때문이었다.

"이, 이 무슨!"

그 말을 뱉은 놈이 바로 다음에 썰렸다.

다섯이다. 순식간에 다섯을 썰어 버린 거다.

"방금 전까지만 해도 허접한 공격이나 일삼던 놈이 어떻게?"

"시, 실력을 숨기고 있었단 말인가?"

적들이 어떤 반응을 보이건 간에 강철은 오묘한 표정을 짓고 있었다. 그의 시선은 허공 어딘가에 고정돼 있었다.

↝

강철은 메시지창을 읽고, 또 읽었다.

[5KILL을 달성하셨습니다.]

강화 퀘스트 3천만 보상에 정신 팔려서 유저 썰면 두당 20만 원 받는 거 깜빡했다.

예상치 못한 전투 때문에 후딱 전략 짠다고 가장 중요한 걸 잊어버린 거다.

염병!

'까먹을 게 따로 있지! 네가 사람 새끼냐?'

이럴 줄 알았으면 아리엘한테 양보 말고 혼자 다 썰었어야 하는 건데!

으아아악!

어설픈 제논 놈들만 들이닥친 게 기회였다.

떼돈 벌 수 있는 진짜 기회!

근데 그걸 아리엘한테 갖다 바친 거다.

마나 아끼겠다고 허공에 돈을 뿌린 거라고, 등신아!

젠장!

강철은 제 머리를 쥐어뜯었다.

카이얀에서 절대자였고 지랄이고, 그딴 거 아무 상관 없다.

정신 차려라.

전투도 전투지만, 이 싸움 왜 하는지 잊으면 안 된다.

돈이다, 돈.

그거 까먹으면 존내 싸워 놓고 집에 갈 때 빈손으로 가야 된다.

방금 전까지만 해도 어떻게 해야 이 싸움을 이길지, 처음부터 끝까지 계속 머릿속에 그려 보았다.

하지만 지금은 다르다. 앞으로 어떻게, 얼마나 벌 수 있느냐, 그게 제일 중요하다.

초심 잃지 말자.

돈! 돈! 돈!

강철이 속으로 마법과도 같은 주문을 외우고 있을 때였다.

"이 개자식!"

용하게 살아남은 권경우가 강철의 뒤로 다가와 있었다.

"뒈져라!"

놈은 강철의 뒤통수를 향해 검을 휘둘렀다.

부웅!

그 정도쯤 벌써 계산해 두었던 강철은 얼른 돌아 놈의 허리춤을 베려고 마음먹었다.

그러나,

띠링-!

['베인의 사이드' 옵션-'베인 소환'이 발동되었습니다.]

느닷없이 메시지가 떠올랐다.

그리고 동시에,

슈우우!

강철의 사이드에서 검은 연기가 폭발하듯 뿜어져 나온 거다.

그것은 곧 하나의 형상으로 변했다. 로브를 둘러쓴 거대한 악령이었다.

놈은 강철의 것과 똑같은 사이드를 들고 있었다.

잠깐! 이딴 게 왜 필요한데?

이 모든 건 권경우가 검을 휘두르는 그 짧은 순간 벌어진 일이었다.

놈은 놀란 눈치였지만, 그렇다고 검을 거둘 수는 없었나

보다.

"에잇!"

내친걸음이라고 생각한 권경우는 더 힘차게 검을 내려찍었다.

서경! 깡!

그러나 검은 두 동강 난 채 바닥에 나동그라져야 했다. 베인의 사이드가 권경우의 검을 반 토막 낸 거였다.

"으, 으윽!"

권경우는 반밖에 안 남아 볼품없어진 검을 든 채로 망연자실한 표정이 되었다.

"이, 이 새낀 뭔데 자꾸 죽일라 그러면 이상한 놈들이 튀어나오는 거야!"

억울하기도 하겠다. 저번엔 찰스가 나오더니, 이번엔 사신 베인이라니.

"왜 꼭 애먼 놈이 나와서 내 무기를 병신 만들어 놓는 건데!"

권경우는 서럽게도 울부짖었다.

놈을 따르는 길드원들이 지켜보고 있었지만, 놈은 감정에 북받쳐 눈물을 뚝뚝 떨어뜨리기까지 했다.

"씨발! 왜 나한테만 이런 일이 일어나는 거냐고! 내가 무슨 호구 새끼도 아니고!"

베인은 참을성이 전혀 없는 모양이었다.

스으윽!

사이드를 길게 내미는 폼이 딱 그랬다. 당장이라도 목을 베어 버리겠다는 듯 사이드를 뒤로 젖혔다.

"왜 이렇게들 나를 못 잡아서 안달인 건데! 내가 뭘 어쨌다고!"

누가 보면 강철이 제집에 쳐들어간 줄 알겠다.

"병신 새끼."

척!

강철은 베인의 손을 붙들었다. 덕분에 당장이라도 권경우에게 내리꽂히려던 사이드가 허공에 멈춰야 했다.

베인이 고개를 돌려 강철을 바라봤다. 눈이 없어서 검은 구멍이 강철을 향한 채였다.

강철은 그런 시선일랑 아랑곳하지 않고 자신의 사이드를 움켜쥐었다.

그리고 곧,

쐐애액!

조금의 망설임도 없이 사이드를 휘둘렀다. 권경우를 향해서였다.

뎅- 겅! 데굴데굴!

정신 못 차리는 놈 잡아도 20만 원 똑같이 받거든.

강철은 사이드를 거둔 채로 남은 잔당들을 바라봤다.

"막타 뺏지 마라. 뒈진다."

표정이라고는 전혀 없는 베인이 어쩐지 미소 짓는 느낌이었다.

2권에 계속